La Légende de Quisqueya I

roman

■ ■ ■ ■ ■ ■ ■ ■

Margaret Papillon

Saisie électronique
Yasmine Léger

Illustration couverture
Sidney Desmangles

Réalisation de la couverture
Margaret Papillon

Correction et révision
Communication Plus / Butterfly Publications

Illustration couverture
Guy Bourraine Jr.

Photo de l'auteur
Dominique Franck Simon

Distribution
amazon.com, Barnes & Noble
Communication Plus / complusa@yahoo.com

ISBN-13: 978-1475097412
ISBN-10: 1475097417

DU MÊME AUTEUR

- La Marginale, roman, 1987
- Martin Toma, roman, 1991
- Passions Composées, nouvelles, 1997
- La Saison du Pardon, roman, 1997
- Manmzelle Natacha, nouvelle, 1997
- Terre Sauvage, nouvelles, 1999
- Mathieu et le vieux mage au regard d'enfant, roman, 2000
- Innocents Fantasmes, roman, 2001
- La Raison des plus forts..., récit autobiographique, 2002
- La Mal-aimée, roman, 2008
- Noirs Préjugés, nouvelles, 2010
- Douce et Tendre Luxure, 2010

PUBLICATION POUR LA JEUNESSE

- La Légende de Quisqueya **I**, roman, 1999
- La Légende de Quisqueya **II**, roman, 2001
- Le Trésor de la Citadelle Laferrière, roman, 2001
- Sortilèges au carnaval de Jacmel, roman, 2002

À PARAÎTRE

- Babou chez le faiseur de songes, jeunesse
- Les Infidèles, théâtre
- La Promise, roman

ADAPTATIONS THÉÂTRALES

- La Légende de Quisqueya, adaptation de l'atelier Éclosion de
Florence Jean-Louis Dupuy, octobre 2000
- Babou chez le faiseur de songes, adaptation de Artimoun de
Emmanuelle Sainvil, juin 2002

TEXTES RADIOPHONIQUES

- Jeux interdits, décembre 1997, Radio Vision 2000 (Programme de lutte contre le sida)
- Les visites dominicales de Ludovic, 1998, Radio Vision 2000
- Angie, décembre 2001, Radio Ibo (Programme de lutte contre le sida)
- Feuilleton radiophonique: Manmzèl, décembre 2004 (Plan-Haïti /
Plan International / Programme de lutte contre le sida)
- Parution de six modules radiophoniques sur l'OPC et les droits de l'enfant UNICEF 2005.

TEXTES PARUS DANS LES JOURNAUX

Manmzelle Natacha, nouvelle, Le Nouvelliste, 1997
Marinella, nouvelle, Le Nouvelliste, 1998
La folle journée de Tante Rose, nouvelle, Le Nouvelliste, 1998
Les visites dominicales de Ludovic, nouvelle, Le Nouvelliste, 1998
La conspiration du temps contre les cloches de la Cathédrale du
Cap-Haïtien, prose poétique, Revue Cultura, 1999
Les Canons de la Liberté, prose poétique, Le P'tit Nouvelliste, 2001
Terre sauvage, nouvelle, Le Matin, 2004
Fleurs d'insomnie, nouvelle, Le Matin, 2004
La Mal-aimée, mis en feuilleton de 55 épisodes, Le Matin, 2004/ 2005

Le Trésor de la Citadelle Laferrière, roman jeunesse mis
en feuilleton de 15 épisodes, Le Matin, 2005
Les Infidèles, pièce de théâtre mis en feuilleton de 8 épisodes,
Journal Anayizz / Le Nouvelliste, 2007
Vanité Salvatrice, nouvelle, Journal Le Matin, 2007, 2010

TEXTES PARUS SUR LE WEB

La Légende de Quisqueya, roman, île en île, 2003
Mathieu et le vieux mage au regard d'enfant, roman, île en île, 2003
Sortilèges au carnaval de Jacmel, roman, île en île, 2003
La Légende de Quisqueya II: Xaragua, la cité perdue, île en île, 2004
La Mal-aimée (roman), Pikliz.com, 2006
La soudaine intelligence de Carmélie Nozeille, Pikliz.com, 2008
Les épisodes d'Angie, Pikliz.com, 2007
Terre Sauvage (nouvelle), Pikliz.com, 2007
Les Infidèles (Théâtre), île en île, 2007
Innocents Fantasmes (roman), île en île, avec une présentation
de Jacques Roche (2003) & Pikliz.com (2007)
Mystérieux Occident, Pikliz.com, 2008
On a kidnappé la morte (nouvelle) Pikliz.com, 2008
La conspiration du temps contre les cloches de la Cathédrale
du Cap-Haïtien, roroli.com, 2009
Méprisa Lamour, nouvelle, www.wwohd.org, 2010
Le Trésor de la Citadelle Laferrière, roman, roroli.com (2009)
& capsuleshaitimonde.com (2009)
The kidnapping, 2010 (English translation by Suze Baron)
Untamed World, 2010 (English translation by Suze Baron)
Tierra Salvaje, 2009 (Spanish translation by Gahston Saint-Fleur)
Au nom du père et du fils…, ode au général Dumas, Pikliz.com (2009)

Résumé

La Légende de Quisqueya I

Suite à un pari, quatre adolescents, Ralph, Christine, Ruddy et Leïla, se lancent à la conquête du pic Macaya, haut de 2400 mètres.

En cours de route, ils rencontrent un vieux griot qui s'oppose à ce projet. Ce dernier leur parle de la mystérieuse disparition de tous ceux qui se sont entêtés à atteindre le sommet du pic. Pour prouver ses dires, il leur raconte une étrange légende vieille de cinq cents ans, La Légende de Quisqueya.

Nos jeunes intrépides font fi de cette mise en garde. Malgré le froid et la fatigue, ils réussissent à atteindre le sommet du pic. Mais, soudain, au moment d'y planter le drapeau de la victoire, le sol se dérobe sous leurs pieds…

Dans un hurlement de détresse, ils effectuent, à une vitesse vertigineuse, un extraordinaire voyage au centre de la Terre, puis se retrouvent dans un coin de paradis qui leur est totalement inconnu.

Nos jeunes amis pourront-ils échapper à la terrible légende de Quisqueya ? Pourront-ils s'enfuir de l'île jumelle d'Haïti ?

Avant-propos

Mon premier texte, je l'écrivis à treize ans. À cette époque, je n'avais pas encore cette passion de l'écriture.

Néanmoins, séduite par l'attention que portaient mes frères et sœurs aux histoires fabriquées de toutes pièces que je leur débitais avec un bonheur sans égal, je couchai mes premiers mots sur un cahier d'écolier. Je ne tardai pas à mettre ce récit au rancart pour m'adonner à ma vraie passion d'alors: le sport; surtout le volley-ball et le basket-ball.

C'est tout à fait par hasard qu'en fouillant – cinq ans plus tard – dans une vieille armoire que je découvris le manuscrit enfoui. Je le relus en grimaçant, me demandant comment j'avais pu écrire des choses aussi mièvres.

D'un geste vif et spontané qui caractérise l'adolescence, je détruisis le texte, heureuse qu'aucun regard ne l'ait jamais parcouru.

Plus de vingt ans plus tard, ce geste, je le regrette encore, car je suis devenue écrivain et je ne me pardonne toujours pas la grande légèreté, l'absolue désinvolture de mes dix-huit ans.

C'est ainsi que je décidai, afin de réparer cette bévue, d'écrire un texte qui ressemblerait à ce récit d'aventures de mes treize ans, époque où ma prédilection allait aux livres tels que : Le Club des cinq et Le Clan des sept – je créai ainsi ma bande des quatre avec les quelques bribes d'histoires que j'avais encore en tête.

Ma revanche s'intitule La Légende de Quisqueya. Un conte écrit avec bonheur, dans la joie de mon adolescence retrouvée et la nostalgie de mes années de puberté.

J'espère que cette œuvre ravira mes jeunes lecteurs et lectrices d'autant plus que c'est mon premier livre jeunesse.

■ ■ ■ ■ ■ ■ ■ ■ ■ ■ ■

À mes enfants Sidney et Coralie

1

Le cri des oiseaux qui les survolaient fit relever la tête aux randonneurs. Des oiseaux, ils en avaient vus de toutes les espèces et de toutes les tailles, qui les avaient charmés par le chaud coloris de leur plumage ou par la beauté de leurs chants. Mais ceux-là qu'ils admiraient, à l'instant même où ils s'approchaient du sommet du pic Macaya, avaient brusquement fait irruption dans le décor, les effrayant de leurs robes écarlates et de leurs cris qui rappelaient celui du corbeau. Ils tournoyaient dans le ciel à la manière des vautours ayant repéré une proie. Pourtant, aucune trace d'agressivité ne se manifestait dans leur vol plané : un contraste vraiment saisissant.

Le brouillard qui s'était soudainement levé s'épaissit, et un froid de plus en plus glacial paralysait les membres des jeunes randonneurs qui, surpris, montrèrent les premiers signes de panique.

Christine supplia ses cousins de stopper l'ascension du pic.

– Nous avons gagné notre pari, nous sommes parvenus à cette hauteur. Plantons notre drapeau ici même et dépêchons-nous de redescendre. Karl-Henri verra bien que nous n'étions pas en train de "crâner".

– Qu'est-ce qui te prend, Christine ? lui demanda Ralph. D'habitude tu fais preuve de plus de témérité. Nous avions dit au sommet. Nous ne pouvons surtout pas abdiquer alors que nous sommes si près du but. Encore quelques dizaines de mètres et nous sommes les rois de la terre.

– Je t'en prie, Ralph, ne fais pas de bêtises ! Nous sommes tous rompus de fatigue. Nous n'allons tout de même pas risquer notre vie pour une collection de timbres. Et puis, cet endroit me paraît suspect.

Leïla sortit de son silence pour renchérir :

– Christine a raison, Ralph. J'ai un drôle de pressentiment. J'ai les orteils en compote et mes membres sont transis de froid. Je crois qu'il serait plus sage de rentrer. C'est une question d'instinct, de sixième sens.

– Écoutez les filles ! vous vous dégonflez, et ça ne vous ressemble pas. Faites encore un petit effort pour votre cousin préféré qui rêve d'acquérir la plus merveilleuse collection de timbres qu'il ait jamais vue ! Vous vous laissez effrayer par cette vieille légende que raconte Karl-Henri dans la crainte d'avoir à nous céder vraiment toutes ces petites merveilles qu'il amasse depuis tantôt six ans. N'est-ce pas Ruddy ?

Le dénommé Ruddy jeta un bref coup d'œil vers les jeunes filles. Elles lui donnaient soudain l'impression d'être de mèche avec Karl-Henri afin de les empêcher d'acquérir ce qui, pour eux, les garçons, valait toutes les peines du monde.

Du haut de ses quatorze ans, Ruddy déclara pompeusement : « Écoutez, mesdemoiselles, vous n'allez tout de même pas nous faire le coup du sixième sens comme au cinéma ! Allez, encore quelques minutes et, vous aussi, vous serez les grandes gagnantes de cette histoire ! »

– Nous, répliqua Leïla, on s'en fiche de vos timbres, nous n'avons pas vraiment d'enjeu dans cette affaire !

– Comment ça, vous n'avez pas d'enjeu ? Essayez seulement d'imaginer l'admiration que nous vous porterons par la suite ! reprit Ralph.

– On n'en a que faire de votre admiration, Ralph. Nous, ce que nous voulons, c'est rentré le plus vite possible à la maison, prendre un bon repas chaud et nous mettre au lit sous une bonne couverture.

– Mais, bon sang ! vous ne voyez pas que nous touchons au but ! s'écria Ruddy. Il est déjà trop tard pour faire demi-tour. Ou, si vous voulez, redescendez seules. Ralph et moi, nous sommes des hommes braves et téméraires, nous irons jusqu'au bout de nos forces. Nous voulons ces timbres, nous les aurons !

– Bien ! dit Ralph, les filles, vous pouvez partir !

– Comment ça partir ? Leïla et moi, nous ne pourrons pas retrouver notre chemin seules. Nous n'avons pas votre sens de l'orientation, nous risquons de nous perdre. Et puis, que diront nos parents en nous voyant revenir sans vous. Papa nous avait bien recommandé de rester ensemble, sans quoi nous pourrons dire adieu à nos balades en solitaire dans la nature.

– Voilà ! Nos parents ont bien raison, il faut rester groupés ! dit Ralph, sur un ton ironique. Surtout que des filles seules, en pleine nature, ne sont jamais à l'abri de mauvaises rencontres.

À ces mots, les filles pâlirent et avalèrent péniblement leur salive.

Christine réagit en disant entre ses dents :

– Ah non, Ralph ! Toi, à ton tour, tu ne vas pas nous jouer la comédie du chantage. C'est ignoble de ta part.

– Alors, ne faites pas d'histoires. Ruddy et moi, nous sommes prêts à braver tous les dangers pour cette collection. Arrêtez votre bla-bla-bla et suivez-nous. Sinon, nous vous plaquerons ici, sans plus !

Christine et Leïla connaissaient leur grand cousin par cœur. Il ne disait jamais rien à la légère. Et puis, à quatorze ans, on cède vite à la panique. Elles se concertèrent du regard puis haussèrent les épaules d'un geste résigné qui traduisait leur défaite.

D'ailleurs, avec Ralph cela arrivait souvent qu'elles soient à court d'arguments. Plus âgé qu'elles de trois ans, il n'en finissait pas de jouer un rôle de chef et les filles avaient pris l'habitude de plier sous son joug dominateur. Et puis, quoi faire quand on fait face à de véritables têtes de mules ?

Les mutines rendirent les armes à la grande satisfaction des gars qui crièrent victoire en tentant d'embrasser les vaincues qui refusèrent avec dignité.

Au fond, au-delà même de leur peur, elles auraient bien aimé remporter aussi la victoire sur cette belle nature plus que sauvage. Peut-être qu'un jour, elles pourraient brandir ces clichés – ces souvenirs, que Ralph, le photographe en herbe, allait s'empresser d'immortaliser sur la pellicule de sa petite caméra Canon – comme un trophée de chasse.

Cette pensée les consola et leur redonna la force et l'énergie nécessaires pour continuer leur ascension.

Elles endossaient leur sac une fois de plus, quand le brouillard s'épaissit de nouveau. Un sourd grondement de tonnerre se fit entendre tandis que les oiseaux de feu qui les survolaient, effarés, poussèrent des cris d'effroi en se dispersant brusquement.

D'un bref coup d'œil apeuré, les filles interrogèrent les boy-scouts, espérant les voir capituler, convaincus eux aussi de la drôle d'ambiance qui régnait dans leur environnement immédiat. Hélas ! ils affichaient tous les deux un air tout à fait serein. Décidément, rien ne pourrait les détourner de leur objectif.

C'est la mort dans l'âme et le cœur étreint par l'angoisse qu'elles les suivirent sur la piste qui conduisait au sommet du pic. LA PISTE DE L'ABÎME comme l'avait appelée le vieux griot qui logeait dans la vieille cahute au bas de la colline. « Les gens se faisaient happer par un grand souffle de vent dès qu'ils atteignaient la cime, et plus jamais on ne les revoyait... disparus, évaporés dans la nature ! », avait-il maintes fois répété comme une mise en garde en se signant de la main droite puis de la main gauche conjurant ainsi tous les mauvais sorts. Les yeux hagards et avec des mots hachés, il parlait de cette vieille légende indienne, LA LÉGENDE DE QUISQUEYA, qui gardait les curieux éloignés de la partie nord du pic.

« Des fadaises, tout ça ! », avait claironné Ralph, tout excité à l'idée de partir à l'aventure. « Gageons ma collection de timbres que tu n'auras pas le courage de vérifier si la vieille légende dit vrai ! », avait lancé Karl-Henri qui cherchait toujours à prouver à Sophia, une jeune fille à qui il faisait une cour assidue, qu'elle portait à tort une admiration sans bornes à Ralph, alors que celui-ci, à son avis, n'était qu'un fieffé poltron.

Ralph, qui n'attendait que l'occasion de ravir Sophia et la superbe collection de timbres à son ami, avait décidé de relever le défi en embarquant ses trois cousins préférés dans l'aventure.

Après avoir fait part à leurs parents de leur intention d'organiser un pique-nique, ils étaient partis sans leur parler de la vieille légende. C'était un sujet interdit aux plus de dix-sept ans, sous peine de se faire mettre au rancart.

■ ■ ■ ■ ■ ■ ■ ■ ■ ■ ■

■ *Margaret Papillon* ■

2

À mesure que le petit groupe se rapprochait du but, la forêt semblait être attentive à leurs moindres mouvements. Le vent, de plus en plus froid, leur fouettait le visage. Ralph et Ruddy marchaient en tête ; Christine et Leïla les suivaient, avançant dos contre dos de manière à pouvoir contrôler les alentours, le cœur battant à grands coups dans leur jeune poitrine.

Maintenant, le silence du bois n'était troublé que par le chant des milliers d'insectes et par une source claire dont la pureté faisait le bonheur des libellules qui venaient s'y abreuver en toute quiétude. Perché sur la plus haute branche d'un pin majestueux, un perroquet aux couleurs de fête était occupé à sa toilette. Quand il perçut ce bruit de pas craintifs sur les brindilles de pins, aiguillonné par on ne sait quel réflexe, il poussa un long cri et vola vers ces « petits d'hommes » violeurs de territoires sacrés. Déployant ses ailes, il frôla la petite bande qui se rejeta en arrière en poussant des cris stridents, effrayés par cette soudaine attaque.

Puis, le bel oiseau disparut dans un fourré, ce qui rassura les randonneurs. « Ouf ! heureusement qu'il y a eu plus de peur que de mal ! », commenta Ralph, qui lui aussi avait faillit prendre ses jambes à son cou, oubliant son assurance coutumière.

Quand ils atteignirent la partie nord de la cime, le soleil était à son zénith. Ils poussèrent des hourras de joie. Ralph brandit le drapeau au-dessus de sa tête, avisa une petite clairière et décida de l'y planter juste au milieu.

À l'aide du grand coutelas qu'il avait apporté, Ruddy sarcla quelques pouces de terrain autour duquel ils se réunirent tous les quatre. Ralph, sur un ton docte, récita une litanie que personne ne comprit, mais qu'il résuma pour les « profanes » en quelques mots:

« NOUS SOMMES LES MAÎTRES DU MONDE ! »

Des deux mains, les filles empoignèrent le mât du drapeau et l'enfoncèrent dans la terre moite alors que les garçons imitaient les cris de guerre indiens.

Soudain, sans le moindre signe d'avertissement, la terre s'ouvrit sous leurs pieds et ils furent happés par le vide.

Ils poussèrent tous un grand et long cri d'effroi en s'enfonçant dans un gouffre sombre aux profondeurs abyssales.

***

La chute fut longue et éprouvante pour leurs nerfs. C'était comme s'ils glissaient sur un toboggan géant ou sur une montagne russe en folie sans savoir ce qui les attendait au bout.

Ce voyage au centre de la Terre sembla durer une éternité puis, à leur grande surprise, ils atterrirent dans une eau fraîche, douce et peu profonde. Quand Ralph fit surface, d'abord, il n'en crut pas ses yeux. Il se trouvait dans une étrange grotte dont les parois semblaient coulées dans du métal ressemblant étrangement à de l'or. Interloqué, il nota, accrochées au mur, la présence de deux torches dont les reflets faisaient briller ce métal. Il nagea quelques mètres pour regagner la rive que les autres avaient déjà atteinte.

En bon chef, il procéda à l'appel et s'enquit de l'état de santé de la troupe. Ils n'avaient rien de cassé heureusement, mais tremblaient d'émotion.

Les filles se mirent à sangloter, en couvrant leurs cousins de reproches. À cause de leur cupidité, ils se trouvaient tous dans de beaux draps, happés « PAR LE GRAND SOUFFLE DE VENT POUR NE PLUS

JAMAIS REVENIR », comme le disait la légende du vieux griot.

Ralph tenta de rassurer ses cousins; mais il s'y prit sur un ton si peu convaincant qu'il ne réussit qu'à produire l'effet contraire, semant ainsi la déroute dans les rangs.

Les filles avaient le moral en berne. Elles se lamentèrent encore longtemps sur le triste sort qui les attendait en ce lieu inconnu. Puis, elles se mirent à prier pour solliciter l'aide de Dieu, le Tout-Puissant. Elles crièrent le nom de leur mère, de leur père, en vain; seul l'écho de la grotte leur répondit.

Ils avaient, malgré eux, dévié du but. C'était le plus « grand inconnu ». Face à cette évidence et en dépit de leur appréhension, ils arrivèrent à se calmer et décidèrent de faire contre mauvaise fortune bon cœur...

– Faisons du tourisme, puisqu'on y est ! proposa Ruddy. Explorons cette grotte, peut-être trouverons-nous la clé de ce mystère.

– Nous ne bougerons pas d'ici ! tonna Leïla encore toute livide. D'ici quelques heures, en ne nous voyant pas revenir, nos parents partiront à notre recherche. Il ne faut pas nous éloigner.

– Écoute, Leïla, grommela Ralph, croupir ici ne nous mènera à rien. Alors, armons-nous de courage et allons au-devant de notre destin.

***

À la lueur des torches trouvées sur place, ils purent se frayer un passage à travers les étroits couloirs de la grotte dont les parois étaient couvertes d'inscriptions étranges. « Par endroits, on dirait des hiéroglyphes ! » observa Christine qui se passionnait pour l'Égypte ancienne.

– Tenez, par ici, il y a une grande murale qui représente le sphinx ! renchérit Ralph, incapable de cacher son enthousiasme.

Leïla demanda, avec un léger trémolo dans la voix :

– Vous n'allez tout de même pas nous faire croire que nous avons échoué en Égypte ?

– Mais non, grande sotte ! Tu oublies que cette terre d'Haïti était avant tout celle des Indiens, et les civilisations incas du Pérou, Mayas et Aztèques du Mexique ne sont pas très éloignées de nous. D'ailleurs, les Arawaks vivaient dans ce pays qu'on appelle actuellement le Venezuela avant que la barbarie des tribus Caraïbes ne les pousse à immigrer sur l'île d'Haïti. Il n'y a qu'un pas entre l'Amérique du Sud, l'Amérique centrale et la mer des Caraïbes. Nous sommes certainement dans une ancienne grotte d'aborigènes ! déclara Ruddy.

– Je ne vois pas le rapport entre les Incas dont tu par- les et les pharaons.

– La similitude, chère cousine, c'est que les civilisations indiennes étaient aussi avancées que celle de l'Égypte et comportent autant de mystères jamais élucidés. Sais-tu que la civilisation des Mayas du Mexique a disparu mystérieusement au Xe siècle, laissant derrière elle ses temples, ses pyramides, ses œuvres d'art d'une beauté à couper le souffle ! Leur histoire, pourtant, avait duré six siècles. Ce que nous voyons ici ressemble quel- que peu à la civilisation égyptienne; mais moi, je suis sûr de n'être pas en Afrique du Nord-Est. Ce serait même une pure folie de croire à cette hypothèse.

– Ruddy a raison, cela tiendrait de la magie. Nous sommes en Haïti. Cela veut dire que nous pouvons nous en sortir. Un mauvais plaisantin nous a tendu un piège. Je soupçonne Karl-Henri d'être dans le coup. Il a peut-être tout manigancé de manière à me ridiculiser aux yeux de Sophia. Eh bien ! je vais lui montrer de nous deux qui est le plus fort. Christine, passe-moi la carte des lieux et toi Leïla, prend la boussole qui se trouve dans mon sac à dos. Chers amis, faites-moi confiance. En moins d'une heure, nous serons à la maison.

Tout à coup, Ruddy qui continuait à scruter les parois de la grotte s'écria : « Venez vite voir, ici je reconnais des signes qu'utilisaient les Arawaks et les

Caraïbes. J'ai lu tout un bouquin là-dessus, pas plus tard qu'avant-hier. Mais, ce que je trouve étrange, c'est le fait que ces nouvelles inscriptions soient peintes avec de la teinture rouge de roucou, et elles ont l'air d'être assez récentes. La peinture est encore fraîche ! »

– C'est impossible, déclara Ralph, les colons blancs avaient exterminé tous les aborigènes d'Haïti. Un génocide qui a coûté la vie à des centaines de milliers d'êtres humains et personne n'a jamais vu trace de tribus indiennes ici. Seulement quelques pierres taillées, dites pierres précolombiennes, témoignent de leur passage sur ce bout de terre. C'est à partir du XXe siècle que les arts dits précolombiens ont fait l'objet de fouilles méthodiques et d'études approfondies. Le Mexique et l'Amérique Centrale sont les régions qui ont livré les ensembles architecturaux les plus imposants et le plus grand nombre de pièces précieuses : textiles, figurines, poteries, sceaux, éléments de parure, etc. Même les vestiges de cette civilisation ont été rayés de la carte d'Haïti par les conquistadores. Je ne vois vraiment pas comment ils auraient pu subsister jusqu'à nos jours.

Ruddy ne l'écoutait déjà plus. Le nez collé à la fres- que, il voulait déchiffrer encore quelque chose.

– Je crois que les petites flèches que voici nous indiquent le chemin à suivre pour sortir de la grotte.

Suivez-moi. Nous rentrons à la maison, déclara-t-il triomphalement.

La petite troupe trotta allègrement derrière Ruddy. En suivant les indications de la fresque, ils finirent par quitter la vieille grotte derrière eux et débouchèrent sur une petite crique où une pirogue d'Indien tanguait au gré des vagues qui venaient mourir sur la plage.

***

Les jeunes gens, éblouis par la lumière crue du soleil, mirent quelque temps avant de pouvoir contempler le paysage paradisiaque qui s'offrait à leur vue. Éblouis, furent-ils encore quand leurs yeux, qui n'avaient jamais connu semblable ravissement, purent se poser sur cette nature luxuriante s'étalant à perte de vue.

– Mais, où sommes-nous ? demanda Christine.

– Au paradis, très certainement, répondit Ralph, encore tout ébahi. Nulle part ailleurs, on ne trouve autant de variétés de plantes et d'oiseaux. Qu'en dis-tu, Ruddy ?

– Nous ne pouvons pas avoir quitté Haïti. D'ailleurs, cette nature ressemble beaucoup à celle de notre île, sauf qu'ici elle ne semble pas avoir souffert du déboisement et du vandalisme.

Ils regardaient tout autour d'eux avec enchantement, incapables de résister à la magie créée par des milliers de fleurs et d'oiseaux multicolores.

– Qu'allons-nous faire maintenant Ralph ? demanda à son tour Leïla, encore plus angoissée qu'avant. C'est bien beau ici, mais moi, je veux rentrer.

– On a bien le temps. Il nous faut d'abord éclaircir tous ces mystères. Ruddy, prends la boussole et indique-moi le nord.

Ruddy s'exécuta.

– Je n'y comprends plus rien, Ralph. L'aiguille de la boussole est devenue folle, elle tourne sans arrêt dans un sens puis dans l'autre.

Ralph lui arracha le petit instrument et constata le fait.

– Nous devons être très proches du triangle des Bermudes, ironisa Christine pour masquer sa peur.

– Mes amis, écoutez ! nous n'avons d'autre choix que celui de continuer à avancer. Je ne vois vraiment pas d'autre issue. Nous allons emprunter ce canoë qui semble avoir été placé sur cette rive tout exprès pour nous. C'est là peut-être notre seule planche de salut. Alors, armons-nous de courage et faisons face à notre destin !

■ ■ ■ ■ ■ ■ ■ ■ ■ ■

3

Ils pagayaient depuis une heure dans un lagon tantôt vert émeraude, tantôt bleu azur où nageaient une multitude de poissons magnifiques aux couleurs vives, quand leur regard fut attiré par une plage splendide aux mille et un cocotiers et au sable blanc d'une pureté et d'une finesse incroyables.

Ils décidèrent d'accoster pour mieux profiter de tant de beauté et aussi pour chercher une source d'eau douce. Mais, plus ils se rapprochaient de la plage, plus celle-ci semblait s'éloigner. Un épais et froid brouillard, soudainement levé, leur barra la vue.

« Épave à bâbord ! » s'écria brusquement Ruddy en tentant une manœuvre désespérée. Aidé de sa pagaie, il essaya d'éviter le choc, mais la vitesse avec laquelle le canoë filait rendit l'action tout à fait impossible. Ralph, surpris par cette apparition soudaine, resta médusé, jurant que d'épave, il y avait à peine quelques secondes, il n'en existait pas.

La collision fit chavirer le canoë qui se retourna, balançant dans l'eau nos quatre aventuriers en herbe. Ceux-ci nagèrent avec précipitation vers la vieille échelle de cordes qui pendait du navire-épave et s'y accrochèrent jusqu'à ce qu'ils soient revenus de leur saisissement.

Quelques minutes plus tard, ils étaient sur le pont de l'ancien galion espagnol qui portait le nom – encore une chose mystérieuse – de SANTA MARIA, tout comme le célèbre navire de Christophe Colomb. Dans la cale sombre, ils découvrirent de vieux coutelas et une vieille épée toute rouillée par l'air salin du large.

Ralph et Ruddy, comme deux gosses grisés par l'aventure, se mirent à jouer aux méchants pirates. Ils simulaient un jeu de capes et d'épées, quand ils entendirent des bruits de pas sur le pont. Christine et Leïla se figèrent dans leur coin.

Du bruit à l'extérieur ? C'était impossible, ils étaient seuls à bord.

Quand ils remontèrent sur le pont, un spectacle des plus incongrus les attendait. Une centaine d'Indiens vêtus de pagnes, le corps couvert de roucou et armés de lances, s'y tenaient. Le buste droit, les jambes écartées, dans une attitude toute militaire, ils avaient l'air d'attendre les ordres du grand chef qui trônait au milieu d'eux, chamarré dans son costume des jours de fête et coiffé d'une innombrable quantité de plumes lui tombant jusqu'à la ceinture. Lui aussi, les bras croisés sur sa poitrine, attendait Dieu sait quoi.

Les deux groupes se jaugèrent du regard. Un lourd silence plana entre eux. Puis, brusquement, à la suite d'un ordre bref et laconique, les Indiens se saisirent des jeunes gens qu'ils eurent tôt fait de ligoter, ces derniers n'ayant opposé aucune résistance farouche. La surprise avait balayé toute velléité de bravoure chez nos jeunes boy-scouts.

Puis, le grand chef se mit à parler, la mine sévère. Il parla longtemps d'une voix hachée sans se douter un instant que son galimatias était tout à fait incompréhensible pour ses vis-à-vis. Excédé par leur apparente passivité, il intima l'ordre qu'on les descendît à terre.

■ ■ ■ ■ ■ ■ ■ ■ ■ ■

4

C'est au son du tam-tam que la petite équipe pénétra dans le village où d'autres Indiens les attendaient. Ces derniers se bousculaient même pour les voir comme s'ils étaient des bêtes curieuses. Certains arrivaient à les toucher et s'enfuyaient à toutes jambes, comme brûlés par la chaleur de leur peau.

– Qu'est-ce qui nous arrive, Ralph, qui sont ces gens ? Où sommes-nous ? demandaient sans cesse les filles.

– Au point où nous en sommes, nous allons bientôt tout savoir. Mais moi, j'ai l'impression de rêver. Ceci est un long cauchemar, et sous peu je vais me réveiller, affirma Ralph.

– Si tu pouvais dire vrai, soupira Ruddy, lui aussi terrassé par l'effroi. Si ce n'était qu'un film monté dans les studios hollywoodiens ?

– Cet endroit est étrange, souffla Leïla, on dirait la réplique exacte du pic Macaya... Je n'y comprends plus rien. Et aussi, que nous veulent ces gens ? On est comme des animaux de cirque ou de zoo. Voyez comme ils nous dévisagent.

Après avoir allumé un grand feu de bois, les Indiens les laissèrent en plein milieu du village. Ils défirent leurs liens et leur apportèrent à boire et à manger. Au menu, de la viande boucanée, de la cassave et du jus de coco. Les captifs mangèrent, tout de même, d'un bon appétit; toute cette aventure les avait creusés.

***

Le jour déclinait lentement sur le village quand les petits aventuriers entendirent à nouveau le son des tam-tams. Un cercle d'hommes se forma rapidement autour d'eux, puis un sorcier, à la peau fripée comme un vieux parchemin, s'avança.

– Salut, étrangers, dit-il en français, bienvenue à Quisqueya, la vraie Haïti Boyo Quisqueya, terre de nos ancêtres Arawaks dont descendent les Taïnos et les Ciguayos. Nous sommes heureux de recevoir votre visite. Vous êtes la preuve vivante que la légende de Quisqueya est en train de s'accomplir.

À ces mots, les jeunes gens poussèrent un cri de surprise. Cette légende existait donc bel et bien. Quelle surprise ! Le vieux griot avait raison, et il leur tardait de savoir de quoi il en retournait.

Ralph prit la parole :

– Qui es-tu étranger ? Et où as-tu appris à parler notre langue ? Où sommes-nous ? Aurions-nous découvert l'Atlantide ? Cette île hypothétique jadis engloutie et qui a inspiré, depuis Platon, de nombreux récits légendaires.

– Mon nom est Cayacoha. Je suis le sorcier de cette tribu Taïno, j'ai le pouvoir d'aller dans l'autre face de l'île, chez vous. C'est la raison pour laquelle je parle français. J'enseigne aussi votre langue aux enfants du village.

– Comment ça, l'autre face de l'île ?

– Ah étranger ! ceci est une histoire fort compliquée ! Il y a bien longtemps, cela fait déjà cinq cents ans, un homme du nom de Christophe Colomb prit possession d'Haïti Boyo Quisqueya. Lui et ses conquistadores massacrèrent notre peuple, ils jurèrent même de nous exterminer tous, car nous n'avions pas la force physique nécessaire pour faire face aux durs travaux d'extraction de l'or qu'ils nous imposèrent. Alors, le grand sorcier des Arawaks, le grand Hatuey, pria nos Dieux pour qu'ils nous viennent en aide. Ils exaucèrent ses prières grâce à leur puissante magie. Ils renversèrent l'île et nous mirent ainsi à l'abri des vandales qui héritèrent d'une face jumelle. Ils crurent nous avoir tous exterminés alors que nous coulions de longs jours tranquilles sous leurs pieds. Ils firent chercher des Africains pour exécuter leur plan machiavélique. Ils les torturaient sans pitié pour parvenir à leur fin : être riches. Nous, nous vivions, cachés du monde, sur cette terre paradisiaque depuis cinq siècles et nous rêvions depuis toujours de reprendre notre vraie place là-haut. Les terres devaient rester jumelles, mais votre comportement honteux de l'autre côté a gâché le paysage, détruit les arbres, asséché les rivières, faisant d'un si beau pays un désert. Or, la légende dit que si vous échouez là-haut, nous devons vous chasser pour reprendre le contrôle afin que tout redevienne comme avant.

– Ça alors, vous plaisantez !

– Nullement, jeune homme. C'est un ordre des dieux. Nous devons reconquérir ces terres pour prouver au monde entier que nous sommes, nous, Arawaks, les vrais maîtres de ce pays. Si vous aimiez votre part d'île, vous l'auriez protégée. Très souvent je me rends chez vous, grâce à la formule magique héritée de mes ancêtres, constater les dégâts. Nous ne pouvons plus tolérer pareil comportement irresponsable. Nous avons le devoir d'a- gir, et ceci très vite.

Ralph balbutia :

– Je... ne comprends pas. Qu'allez-vous... faire ?

– La légende spécifie qu'au bout de nos cinq cents ans de cache, quatre jeunes habitants de l'île, là-haut, viendraient nous rendre visite. Nous devrions les juger en lieu et place de leur peuple. S'ils sont reconnus coupables de gabegies, alors nous reprendrons notre place pour montrer à l'univers tout entier la beauté de l'île d'Haïti. L'image que vous projetez est honteuse et indigne des vrais habitants de l'île. Nous devons rendre à Haïti sa splendeur et son rayonnement.

– Mais vous êtes fou ! Que va-t-il advenir de nos parents restés dans l'autre pays jumeau, comme vous dites ?

– Ils périront avec les autres. Nous n'y pouvons rien.

– Et nous ? demanda Christine d'une petite voix suppliante.

– Vous, vous resterez avec nous, ous serez les échantillons de votre race. On vous enfermera dans un grand parc pour que les nôtres puissent vous contempler à loisir, afin que nul n'ait l'envie de suivre votre mauvais exemple.

La troupe claquait des dents. Eh bien ! elle n'était pas au bout de ses émotions !

– Et quand serons-nous jugés ? demanda Ralph qui, sous la menace, redevenait impavide.

– Votre procès aura lieu lorsque la Lune par dix fois voilera la face de la Terre. Alors, le grand Butios et le grand chef Bohéchio vous amèneront, comme le veut la légende, par-devant le grand jury composé de plusieurs sages du caciquat et de vos ancêtres. Alors commencera le plus grand procès de tous les temps.

– Mais, nous sommes trop jeunes pour payer pour les autres.

– Jeune, on ne l'est jamais trop. C'est le sens des responsabilités qui détermine l'âge d'un individu. Avez-vous déjà planté un arbre ?

– Non !

– Alors, vous êtes vieux ! Un jeune qui n'a jamais vu grandir son arbre est un individu blasé et triste. Chez nous, chaque gosse a un arbre dont il s'occupe avec amour. Il l'arrose et il lui parle comme à un enfant. C'est pourquoi ici, il y a des millions d'arbres. Et puis, les gamins ne détruisent pas les oiseaux et les anolis avec leur fronde. Ils prennent plaisir à les admirer et à les entendre s'égosiller dans les arbres heureux.

À ces mots, les quatre jeunes gens baissèrent la tête d'un air contrit.

– Bon ! je vous laisse à votre méditation, reprit Cayacoha, je vais vous envoyer des jeunes de votre âge qui vous feront visiter l'île jusqu'au jour du procès. La petite Anacaona et le petit Kaliko, fille et fils du roi, sont les meilleurs guides de tout le caciquat.

Cayacoha leur signifia d'un geste de la main qu'il mettait fin à l'entretien. Il se tourna alors vers les guerriers qui faisaient toujours cercle autour d'eux et leur dit quelques mots en langue indienne. Ces derniers poussèrent des hourras de plaisir, et commença une fête animée par les sambas, fête qui ne devait s'arrêter qu'aux premières lueurs de l'aube.

■ ■ ■ ■ ■ ■ ■ ■ ■ ■ ■

5

C'est libre de tout lien que les boy-scouts enta-
mèrent leur seconde journée sur l'île jumelle. Malgré
l'émotion provoquée par leur aventure, ils avaient
dormi d'un sommeil profond et régénérateur, bercés
par le bruit des vagues qui balayaient la plage et le
chuichui du vent dans les feuilles de cocotiers.

Ils eurent droit à un petit déjeuner royal composé
de figues-bananes, d'ananas, de manioc arrosé de
court-bouillon de poissons fraîchement pêchés et d'un
jus de grenadine qu'on leur servit dans des noix de
cocos séchés.

Quand l'Indien qui les servait se retira, Ralph en
profita pour faire le point avec les autres :

– Bon ! pour résumer la situation, je pourrais dire
que nous sommes dans de beaux draps. Nous avons
échoué sur une île qui ressemblerait fort à l'Atlantide.
Le docteur Mathurin a toujours déclaré à qui veut

l'entendre qu'Haïti est le sommet de l'Atlantide. Aujourd'hui, les faits prouvent qu'il avait entièrement raison. Il nous faut trouver coûte que coûte le moyen de nous échapper d'ici. Nous n'allons surtout pas rester les bras croisés à attendre que l'on détruise notre pays, notre peuple, nos parents, nos amis. Ici, c'est vraiment un endroit idyllique, mais nous ne sommes pas chez nous et nous ne voulons pas y rester.

– Que pouvons-nous faire ? questionna Christine.

– Je ne sais pas trop pour le moment. Je crois comprendre que nous avons seulement dix jours devant nous. Cayacoha a bien dit que le procès aurait lieu quand la Lune aura voilé par dix fois la face de la Terre. Alors, il nous faut fuir avant ce jour...

– Pourquoi fuir ? l'interrompit Ruddy, nous devons, au contraire, affronter ce fameux jury. Nous gagnerons à nous préparer une solide défense, leur prouvant ainsi que nous ne sommes pas les nullités, les apatrides et les lâches qu'ils croient.

– Mais tu rêves, Ruddy ? Nous n'avons aucun argument solide capable d'assurer une bonne défense. Ils nous reprochent de maltraiter l'île jumelle, d'être responsables de la destruction de tout un patrimoine végétal et animal. Ils n'ont pas tort. Quel triste spectacle leur offrons-nous, quand Quisqueya est boisée et regorge de sources et de rivières. C'est en arrivant ici que je me suis rendu compte à quel point nous sommes des barbares. Papa dit souvent que nous sommes si occupés à nous détruire les uns les autres que nous ne nous rendons même pas compte que nous vivons sur du fatras.

– Il a bien raison. Mais tout cela ne leur donne pas le droit de nous reprendre ce qui nous appartient de plein droit.

– Cette terre dont nous avons hérité lors de notre indépendance en 1804 était avant tout celle des Indiens. Ne l'oublie pas, Ruddy.

– Je ne l'oublie pas. Mais ils l'ont abandonnée; maintenant, elle est à nous. Nous l'avons acquise à la force de nos poignets. Et personne ne nous la reprendra.

À ces mots, les filles applaudirent avec enthousiasme.

– Il a raison, Ralph ! dit Leïla. Nous ne fuirons pas. Nous resterons pour nous défendre et défendre les nôtres. Si nous savons reconnaître nos torts, c'est déjà un grand pas. Il nous faudra tout simplement nous entendre pour corriger nos erreurs et donner ainsi une chance à notre beau pays pour qu'il retrouve sa splendeur d'antan.

Ralph réfléchit un court instant et tomba d'accord avec le reste de la troupe. Ils formeront un bloc pour défendre la vie des leurs. Au moment où ils mettaient un terme à leur discussion, un léger bruit les fit sursauter.

Une jeune Indienne d'une quinzaine d'années apparut. Sur son épaule trônait le plus beau perroquet qu'ils aient jamais vu.

D'une voix claire et musicale, elle dit :

« Je suis Anacaona, arrière-petite-fille de la grande Anacaona, reine du Xaragua, et du grand roi Bohéchio. J'ai été chargée de vous faire connaître l'île jumelle dans ses moindres recoins jusqu'au jour de votre procès. Mon frère Kaliko, qui devait m'accompagner, est parti à la pêche. J'accomplirai seule cette tâche.»

Ralph fut immédiatement séduit par la beauté de la jeune Indienne. Elle lui apparaissait comme le premier rayon de soleil de la journée. Il se tourna vers Ruddy et dit :

« Comme je te disais tout à l'heure, mon cher cousin, il serait préférable de profiter de l'hospitalité de nos hôtes le plus longtemps possible. »

Ruddy et les filles échangèrent des regards incrédules. Le beau perroquet sur l'épaule d'Anacaona reprit d'une voix gouailleuse :

« Il serait préférable de profiter de l'hospitalité de nos hôtes ! »

Les jeunes gens éclatèrent de rire. C'était bien la première fois qu'ils étaient en présence d'un oiseau parlant.

Ce petit fait rompit toute la glace qui aurait pu exister entre eux et la jeune Indienne. Et ils partirent tous pour une grande randonnée à travers les bois odorants.

■ ■ ■ ■ ■ ■ ■ ■ ■ ■ ■ ■

6

Grâce à Anacaona, les jeunes gens apprirent sur l'île jumelle tout ce qu'il y avait à savoir. Elle leur montra même la manière de planter des arbres avec amour, de protéger l'environnement, de pêcher de beaux poissons dans l'eau claire des rivières, de réparer les ailes cassées des oiseaux. Elle leur conta aussi une belle histoire, son oiseau de feu toujours perché sur son épaule. Elle dit :

« Il était une fois, une île bercée par la mer des Caraïbes, terre de mon peuple, du nom de Ayti qui signifie haute terre. Quand un navigateur du nom de Christophe Colomb la découvrit, il la déclara la plus belle île du monde. Le pays des hommes que Colomb appela Indiens, parce qu'il crut être en Inde, était divisé alors en cinq parties appelées caciquats. Chaque caciquat avait un chef, le cacique. Les Indiens d'Haïti étaient des gens paisibles. Ils n'avaient même pas de prisons pour enfermer les mauvais sujets. La punition consistait parfois à les expulser du territoire. Quand les Indiens étaient malades, ils appelaient le prêtre ou butios. Celui-ci connaît les plantes qui guérissent, il dit des prières afin que le malade se rétablisse vite. Après le cacique, le butios est l'homme le plus important de la tribu. Les gens le consultent régulièrement pour savoir ce qui fait plaisir aux dieux. Tout le monde au village aime chanter et s'amuser. Les sambas ou poètes composent des poésies qui racontent les joies et les peines des membres de la tribu et les aventures des héros. Au moment des fêtes et des cérémonies religieuses, enfants et adultes chantent ces poésies au son des tambours.»

Anacaona parlait, parlait, parlait; mais, si Ruddy, Christine et Leïla l'écoutaient avec attention, Ralph, lui, ne regardait que le mouvement de ses lèvres, couleur de prune mûre. Depuis qu'elle leur servait de guide, il n'avait plus du tout envie de quitter l'île jumelle. À maintes reprises, Ruddy lui avait demandé s'il préparait la défense de leur peuple, il répondait d'un geste évasif de la main.

Ruddy n'était pas dupe. Il savait que les regards énamourés, échangés entre la belle Indienne et Ralph, avaient quelque chose à voir avec la soudaine léthargie de son jeune ami.

Ralph était amoureux de la princesse Anacaona. Il ne la lâchait pas d'une semelle, buvait ses paroles comme un assoiffé aurait bu l'eau claire et douce d'une source. Ce sentiment nouveau le bouleversait. Et il remercia secrètement le ciel, et Karl-Henri qui l'avait poussé à affronter cette vieille légende de Quisqueya.

Maintenant, il n'attendait que l'occasion d'être seul avec elle pour lui déclarer son amour et lui offrir cette rose qu'il avait cueillie spécialement pour elle. Il profita d'un instant où les autres nageaient dans la rivière pour lui faire sa déclaration.

Elle accepta la rose en refermant ses longs cils sur son regard candide.

Quand elle rouvrit les yeux, des larmes y perlaient. Elle dit dans un soupir :

« Tout sentiment entre nous est voué à l'échec. Trop de choses nous séparent, bel étranger. C'est vrai que mon cœur vous a été acquis dès le premier jour, mais mon père, le grand chef Bohéchio, pense qu'à cause de votre mauvais comportement dans l'île jumelle, vous êtes indignes. Il n'acceptera jamais notre amour ! »

– Ne dites pas ça ! belle princesse. Je ferai n'importe quoi pour mériter votre cœur, quitte à changer celui de mes compatriotes.

– Ce n'est pas si facile. Mon père dit que cinq siècles de gabegie ne s'effacent pas en un jour.

– Rien n'est impossible pour un homme épris. J'inventerai même une formule magique pour gagner le droit de vous aimer et de vous protéger.

Anacaona répondit à ce cri d'amour par un rire de coquetterie et se mit à fredonner une chanson indienne avec laquelle sa mère la berçait quand elle était enfant.

Une fois son chant terminé, elle attrapa Ralph par la main et lui dit :

– Viens, suis-moi ! je t'emmène voir le plus ancien des butios, lui seul connaît tous les secrets. Il saura comment résoudre toutes les énigmes.

– Mais, et les autres ? questionna Ralph qui pourtant la suivait déjà.

– Ils connaissent le chemin, ils peuvent bien rentrer au village sans nous.

Et elle se mit à courir dans le vent, sur le sable chaud et brillant de la plus belle des plages aux rives de diamants; son beau perroquet, Inca, à ses trousses, répétant : « Viens, suis-moi, viens, suis-moi ! »

Ralph la suivit, heureux d'avoir déjà un secret à partager avec elle, elle seule.

■ ■ ■ ■ ■ ■ ■ ■ ■ ■ ■

7

La folle course ne prit fin que dans un sous-bois touffu où coulait en cascades une eau qui prenait sa source au flanc d'un morne couvert de fougères géantes. Anacaona arriva en vue d'un grand sablier et le montra du doigt à Ralph.

« C'est dans cet arbre que vit le plus grand des butios. Nous l'appelons l'arbre de la vie, car à lui tout seul il est un hymne à la vie. Son entourage n'est que beauté. Vois ces milliers de variétés de fleurs qui vivent à l'ombre de son feuillage ! »

La petite Indienne se déchaussa, puis à l'aide du couteau qui pendait toujours à sa ceinture, elle décrivit sur le sol un cercle dans lequel elle entra en faisant signe à Ralph de l'attendre sans faire de bruit.

C'est dans un silence le plus total, dont la forêt se fit complice, qu'Anacaona, les bras en croix, récita une prière aux intonations incantatoires.

Quelques minutes plus tard, un rayon lumineux sortit du ciel, illumina le cercle. Alors, la princesse indienne tendit la main à Ralph qui l'attrapa pour rentrer à son tour dans le rayon lumineux.

Anacaona demanda à Ralph de s'agenouiller, la tête penchée vers le sol. Elle lui demanda de garder quelques minutes cette attitude pleine d'humilité. Soudain, le tronc du grand sablier s'ouvrit doucement, et un homme, si vieux qu'il n'avait plus d'âge, apparut.

– Bonjour, princesse ! dit-il, en inclinant la tête avec respect. Guarico, le plus grand des butios, est à ton service.

Ralph frémit en entendant cette voix qui semblait avoir traversé des siècles.

Inca, le perroquet, qui répétait tout ce qu'il entendait, ne dit mot. Chez lui aussi, on sentait le respect dû à Guarico, qui, vêtu de ses habits de jours de fête et coiffé de grandes plumes blanches, brunes et pourpres, était très imposant malgré les profondes rides qui ravinaient son visage.

– Ô grand butios ! toute notre vénération t'est toujours acquise. Je viens vers toi, car j'aurais besoin de ta science et de tes conseils.

– Que puis-je pour toi, petite princesse des Caraïbes ?

– Hum ! c'est un peu difficile à dire...

– Rien n'est difficile quand on a pris une décision ferme.

– C'est à dire...

– D'abord, qui est ce jeune étranger ?

– Eh bien, voilà ! c'est justement à cause de lui que je suis ici ! Il fait partie des quatre jeunes venus de l'île d'Haïti, l'île jumelle de Quisqueya.

– Quoi ! ce jeune homme est haïtien, et tu oses lui tenir la main, dit le grand butios d'un air effaré. Tu ne sais donc pas qu'ils détruisent tout là-haut ? La prophétie est donc en train de se réaliser. Bientôt nous reprendrons le contrôle de l'île d'Haïti pour qu'elle redevienne la vraie jumelle de Quisqueya. Loués soient les dieux ! Il fallait bien qu'un jour nous arrêtions de nous faire du mauvais sang. Il faut en finir avec cette horde de sauvages qui ravagent tout sur leur passage, mettant ainsi en danger la survie des espèces. À force de déboiser leurs mornes, ils nous envoient toute leur boue. Ils polluent tout. Ils nous envoient même des pneus usés ! C'est à croire qu'ils prennent l'océan pour une vraie poubelle. Alors moi, de temps à autre, j'invente une tempête et je leur renvoie tout ça à la figure. Hélas ! le jour suivant, le tout nous est retourné avec la même désinvolture. Que les Zémès soient loués ! L'heure de la délivrance a sonné, l'heure d'en finir avec ces vandales...

– Mais, c'est à cause justement de la légende que je suis ici avec le jeune Haïtien ! il s'appelle Ralph...

– Ralph ! drôle de nom pour un humain.

– Écoute, Guarico, veux-tu au moins écouter ce que j'ai à te dire. Tu ne me laisses pas placer un mot.

L'excitation du plus grand des butios tomba d'un coup.

– Tu as raison, princesse, un sage doit savoir écouter. Je te suis tout ouïe.

– Tu m'en vois réjouie, Guarico. Bon, voilà ! Tout n'est pas comme nous le croyons. Ces jeunes nous l'attestent. Il y a beaucoup d'Haïtiens qui ne sont pas contents du comportement de leurs compatriotes. Alors, ce serait injuste de notre part de détruire des millions d'êtres humains à cause d'une petite minorité. Nous sommes quand même un peuple pacifique. Nous ne pouvons pas nous comporter en sauvages.

– Qu'attends-tu de moi au juste, Anacaona ?

– Je voudrais que tu me dises comment tirer mon ami de ce mauvais pas. Toi qui connais la loi des Zémès, dis-moi comment ces jeunes Haïtiens pourraient échapper à ce terrible procès.

– Il n'y a aucun moyen d'arrêter le processus qui a été déclenché avec l'entrée de ces jeunes par le passage secret qui relie nos deux existences. D'ailleurs, ce serait une menace pour notre peuple s'ils repartent chez eux et racontent ce qu'ils ont vu, ce qu'ils ont vécu. Nous risquons un envahissement en bonne et due forme, ce qui s'avèrerait être contraire à toutes les... prophéties.

– Je vous en prie, grand butios, il faut nous aider, l'interrompit Ralph. Je vous assure que parmi les gens de mon peuple, il y en a qui ne rêvent que de faire d'Haïti une île aussi belle que Quisqueya. Tout ce qu'on vous demande, c'est de nous aider.

– Tiens, tiens, tiens ! ton ami sait parler, petite princesse ! Un moment, j'ai cru qu'il avait donné sa langue au chat.

– C'est à cause du grand respect qu'il te doit. Mais il faut le comprendre, l'avenir de son peuple repose sur ses frêles épaules. Le jour du procès arrive à grands pas, et il ne sait toujours pas comment assurer sa défense de manière à épargner aux siens de très grandes tribulations. Il ne peut plus se taire.

– Je vous en prie, grand butios Guarico ! supplia Ralph. Tout ce que je demande, c'est une chance de rachat pour les miens.

– Ah, ça, mon fils, il sera difficile de l'obtenir ! Les faits sont contre vous. Le grand jury a amassé, au cours des siècles, des milliers de preuves.

– Je t'en supplie, grand butios, fais quelque chose ! pria Anacaona, les larmes aux yeux.

– Bon, bon, bon ! ça va ! dit le grand butios, vaincu par les larmes de la petite princesse, venez avec moi, nous allons consulter les Oracles. Anacaona, laisse ton bel oiseau dehors, il risque de troubler ma méditation.

Le bel oiseau de feu s'envola pour se poser sur la plus haute branche du sablier en criant à tue-tête :

— Il risque de troubler ma méditation, il risque de troubler ma méditation, foutaises !

***

Quand Anacaona et Ralph retournèrent au village, toute la tribu dormait à poings fermés sauf Ruddy, Christine et Leïla.

Aussi furent-ils soulagés quand Ralph se montra enfin.

Ce dernier se dépêcha de réunir son état-major pour lui faire part des derniers événements. La réunion se termina fort tard dans la nuit, et Ralph de dire pour clore l'entretien : « Nous nous battrons jusqu'au bout afin de sauver les nôtres ! »

■ ■ ■ ■ ■ ■ ■ ■ ■

8

Le jour du procès arriva enfin sans qu'ils sussent vraiment ce que voulait dire LORSQUE LA LUNE PAR DIX FOIS VOILERA LA FACE DE LA TERRE. Un fidèle serviteur du grand cacique Bohéchio était seulement venu les prévenir, la veille, que le jour **J** était pour le lendemain.

Le soleil avait mis du temps à se réveiller, paressant derrière quelques nuages comme s'il voulait ne pas se lever sur un jour aussi triste que celui-là. Ralph avait trouvé en lui un allié et un complice naturels. Et à cause de cela, il refusa de se montrer pessimiste, se faisant le devoir de remonter le moral de la petite troupe dont l'air totalement abattu faisait pitié. Ils avaient tous cherché vainement la dague sacrée dont Guarico, le plus grand des butios, avait parlé. Mais, nulle part au village, ils ne l'avaient trouvée. « Elle seule vous permettra de quitter l'île de Quisqueya, c'est la clé du passage, la seule porte de salut. À part elle, rien ne pourra empêcher la prophétie de se réaliser », avait affirmé le butios.

Le son du grand gong, placé pour l'évènement au milieu du village, retentit par trois fois. Un Indien peinturluré aux couleurs de guerre vint les prévenir que le procès allait débuter. Anacaona pressa très fort la main de Ralph comme pour lui donner courage.

– Je prie les Zémès de t'accompagner dans ton combat, dit la petite princesse; qu'ils te donnent la force de sauver ton peuple et tes compagnons.

Ralph la remercia d'un regard plein de reconnaissance.

À la file indienne, la petite troupe quitta la tente et pénétra au milieu d'un cercle où on avait installé un banc destiné aux accusés. En face d'eux, un autre cercle, mais vide celui-là.

Le grand chef Bohéchio, paré de ses plus beaux atours, prit la parole tandis que ses sujets s'installaient à même le sol autour de lui.

« Indiens, mes frères, voici venu le jour du procès des habitants de l'île jumelle du nom de Haïti. À cause de leur gestion lamentable, les occupants de cette terre, jadis belle et prospère surnommée perle des Antilles, doivent être jugés et condamnés afin que leur mauvais exemple ne soit pas suivi. Le sorcier de notre caciquat, Cayacoha, a consulté les oracles. Il se prépare à appeler ceux qui doivent constituer le grand jury. »

Un roulement de tam-tam se fit entendre, et Cayacoha, la face cachée par son grand masque des jours de prières, fit irruption dans le cercle en dansant. Il dansa pendant une bonne dizaine de minutes sur un rythme qui s'amplifiait de plus en plus, puis sur un coup sec, les tambours se turent, et le sorcier se jeta sur le sol la face la première.

Un silence de mort plana sur le village et sembla vouloir durer une éternité. Brusquement, une voix grave et lente se fit entendre dans le ciel :

– Que me veux-tu, grand sorcier Cayacoha ?

– Je te salue, Ô Grand Zémès ! je me permets de te déranger pour te demander de m'envoyer le grand jury qui doit présider le tribunal du jour. Nous jugeons les Haïtiens.

– Tes désirs sont des ordres, grand sorcier. Le grand jury, depuis longtemps constitué, avait hâte de voir arriver ce grand jour. Dans quelques instants, il sera parmi vous.

– Merci, grand Zémès.

Un coup de gong retentit, et le ciel pourtant clair se couvrit de nuages de couleurs rose, gris, rouge, pourpre et blanc. Ceux-ci se mélangèrent à une vitesse folle dans un spectacle des plus féeriques, puis un éclair zébra le firmament et laissa éclater un coup de tonnerre, tandis qu'un épais brouillard enveloppait le cercle dans lequel trônaient la table et les sièges vides. La terre trembla quelques secondes. Tous les Arawaks agenouillés, face contre terre, récitaient des prières avec une incroyable ferveur.

Quand le brouillard se dissipa, la bande des quatre ne pouvait en croire ses yeux. En face d'elle, siégeaient, en tenue d'apparat, Toussaint Louverture, le précurseur de l'indépendance d'Haïti, trois généraux de la Grande Guerre de l'Indépendance : Jean-Jacques Dessalines, Henri Christophe, Alexandre Pétion en compagnie de deux anciens caciques Cotubanama et Caonabo.

La petite équipe, en proie à une terrible émotion, tremblait et claquait des dents. Jamais les jeunes Haïtiens n'avaient assisté à pareille scène de toute leur vie.

Le grand chef Bohéchio salua les nouveaux venus d'une profonde révérence et avec beaucoup de déférence. Il tapa des mains et des serviteurs empressés vinrent déposer aux pieds des grands esprits toutes sortes de présents et de victuailles.

Bohéchio se tourna vers la foule et dit :

– Souhaitons tous la bienvenue au grand jury !

Les Indiens poussèrent de longs cris en tendant par trois fois leur lance vers le ciel.

– Maintenant, que le procès commence ! déclara Bohéchio reprenant siège.

Un roulement de tam-tam se fit de nouveau entendre, et Cayacoha sortit du grand totem taillé en creux, dans lequel il s'était abrité momentanément, pour entamer son plaidoyer.

– Indiens mes frères, ces quatre jeunes ici présents au centre de ce cercle sont des Haïtiens, représentants de leur peuple. Ils sont accusés eux et les leurs de détruire ce beau pays qui fut le nôtre il y a à peine cinq cents ans. La terre appartient à ceux qui la travaillent. Tout le monde connaît le dicton. Eh bien, frères, ces gens ne travaillent plus leur terre, ils l'agressent et ils la blessent de plus en plus chaque jour comme des fils dénaturés qui détesteraient leur mère. Ce qu'ils font subir à cette terre est absolument inacceptable. Ils tuent la faune, la flore, ils coupent les arbres de manière immodérée, ils abattent des espèces d'oiseaux et d'animaux que l'on ne trouve nulle part ailleurs sur la planète. Lorsque nous habitions là-haut, la couverture végétale était de 90 %. Aujourd'hui, elle est à peine de 5 %. En plus, frères, ces gens ne s'aiment pas. Moi, qui ai le pouvoir de leur rendre visite, je peux vous affirmer qu'ils s'entretuent pour rien. Ils sont si occupés à se faire du tort que tout s'écroule autour d'eux sans qu'ils lèvent le petit doigt. Ceci est monstrueux. Ce nom d'Haïti est un nom affectueux qui signifie haute terre. Eh bien, frères, les belles montagnes d'autrefois sont frappées de calvitie à cause de l'irresponsabilité de ses nouveaux habitants. Elles hurlent, mais personne n'entend leurs cris. Les rivières sont asséchées et la mer est polluée par les détritus qu'on lui balance après chaque pluie. En haut, chers frères, c'est un grand asile, ils sont tous devenus fous. Ils ont oublié les vraies valeurs de la vie. Ils ont oublié que sans terre l'homme n'est rien, et est condamné à errer chez les autres. Frères, je peux dire sans risques de me tromper : ILS ONT ÉCHOUÉ. Et à cause de ce cuisant échec, ils sont condamnés à mourir pour restituer la terre à ceux qui l'aiment, ceux pour qui elle a toute son importance, ceux qui ont envie de la choyer comme un enfant. Imaginez-vous, chers frères, sept millions d'hommes incapables de gérer vingt-sept mille kilomètres carrés et des poussières. C'est aberrant, totalement incroyable. Alors, messieurs les jurés, devant un tableau aussi sombre, je vous demande de faire ce que tout individu conscient et responsable aurait fait, c'est-à-dire, prescrire la peine capitale : la destruction de cette race d'hommes qui n'a aucun amour pour sa terre, pour sa patrie, pour ses frères. Pour que la prophétie se réalise, pour que la légende de Quisqueya devienne une réalité, l'île de Quisqueya se doit de tout mettre en œuvre afin de sauver l'île d'Haïti de la plus grande des catastrophes, c'est-à-dire de son propre peuple, de ses propres héritiers. Les cyclones, les typhons, les raz-de-marée sont incapables de détruire autant que peuvent le faire les Haïtiens. Croyez-moi, messieurs les jurés, ces hommes ne méritent pas cette terre. Une simple visite là-haut pourrait être édifiante au cas où le grand jury aurait besoin de preuves supplémentaires si les vieux pneus et les détritus que nous recevons sur la tête ne lui suffisent point. Que l'île d'Haïti vive, que la légende de Quisqueya devienne réalité. Merci.

À ces mots, la foule en délire hurla pour marquer son approbation.

Le grand chef Bohéchio, qui jouait le rôle de juge, prit la parole à nouveau et dit :

« Accusés, qu'avez-vous à dire pour votre défense ? »

Inca, perché sur l'épaule d'Anacaona, poussa un cri strident et répéta les paroles du grand chef :

– Accusés, qu'avez-vous à dire pour votre défense ?

– Silence ! sinon je fais évacuer cette salle ! s'énerva le juge Bohéchio.

Le bel oiseau de feu répéta de nouveau :

« Silence ! sinon je fais évacuer cette salle ! », ce qui fit s'esclaffer la foule.

– Greffier, faites sortir cet élément perturbateur de la salle d'audience.

Un Indien se leva pour exécuter l'ordre du juge, mais Inca prit ses ailes à son cou et alla se percher sur la plus haute branche d'un grand arbre tout proche tout en continuant de rabâcher : « Silence ! sinon je fais évacuer cette salle ! Mais quelle salle ? C'est une cour, vieux radoteur ! »

Ce qui porta la foule à se marrer une nouvelle fois.

Le greffier haussa les épaules dans un geste d'impuissance, et l'audience reprit dans l'hilarité générale. Le juge allait de nouveau répéter la phrase responsable du désordre quand, jetant un coup d'œil vers l'arbre sur lequel était perché Inca, il y renonça afin d'éviter un plus grand désordre. Il dit seulement après s'être raclé la gorge : « Que l'audience recommence ! », d'une voix très faible pour ne pas attirer l'attention et les railleries du bel oiseau de feu.

Ralph, le représentant de la bande des quatre, se leva.

« Messieurs, je ne saurais nier les arguments de l'accusation. Mais, je pourrais évoquer pour votre gouverne, les principales causes de ce grand désordre. Reconnaître ses torts est un acte qui prouve une grandeur d'âme. Par conséquent, je reconnais que par notre comportement absurde nous sommes en train de perdre ce que nous aimons le plus au monde…

« Oui, messieurs, nous aimons cette terre en dépit des apparences », répondit Ralph au murmure de protestation qui parcourait la foule. « Nous nous y prenons peut-être de la mauvaise manière, mais les sentiments sont vrais. Et tout ce que nous demandons, c'est la chance de pouvoir nous racheter. Une chance pour pouvoir nous débarrasser de ceux qui jettent l'opprobre sur tout un peuple. Nous ne sommes pas tous les barbares que vous prétendez. Et, nous, de la nouvelle génération, qui avons compris à quel point nos aînés ont fait fausse route, nous sommes prêts à assurer la relève ! »

Toussaint Louverture se leva lentement et demanda :

« Savez-vous qui je suis, jeune homme ? »

– Bien sûr, Excellence, vous êtes Toussaint Louverture, le précurseur de l'indépendance de mon île, l'un des plus grands nègres que la terre ait produits. L'homme qui avait et qui a toujours l'admiration du monde entier. Vous avez été un grand stratège et un grand visionnaire.

– Mes compliments cher ami, au moins on vous apprend quelque chose là-haut. Mais savez-vous encore que quand je fus gouverneur de l'île, elle était surnommée la perle des Antilles. J'avais alors réalisé un grand rêve, celui dont les blancs croyaient un nègre incapable. J'avais fait mieux qu'un gouverneur blanc. Aujourd'hui, je suis très triste quand je regarde mon île, quand j'entends les blancs ricaner en disant que « les nègres sans gouverneurs, sans commandeurs ne sont rien, ils vivent comme des bêtes ». C'est ce spectacle lamentable que vous offrez au monde.

– Toussaint a raison, dit le général Dessalines en se levant à son tour. Nous, les héros de l'indépendance, avons tout fait pour vous assurer un avenir meilleur que le nôtre. Mais tout ceci a été foulé aux pieds. Nous vous avons offert sur un plateau d'argent la première république noire du monde, et qu'en avez-vous fait ? Le pays le plus pauvre de l'hémisphère Nord, un pays qui vit de la charité des grandes puissances. Quoi de plus humiliant, dites-moi ? Votre terre regorge de richesses; au lieu de les exploiter, vous préférez vous entre-déchirer, et les puissances étrangères profitent de vos zizanies pour reléguer au stade de faits divers cette grande bataille gagnée en 1804 contre l'armée napoléonienne. C'est vraiment désolant.

– Vous avez tous raison, déclara Ralph, mais moi, tout ce que je vous demande c'est une seconde chance, c'est de faire confiance à une jeunesse qui a décidé de relever la tête, de reconquérir cette dignité perdue. Mes compagnons et moi pouvons vous affirmer que notre génération prendra fait et cause pour notre pays. Nous voulons léguer aux générations futures, à nos enfants, une terre où il fera bon vivre.

Anacaona, Ruddy, Leïla et Christine furent les seuls à applaudir Ralph. Et aussi Inca qui avait repris sa place sur l'épaule de sa maîtresse et s'égosillait à répéter : « Une terre où il fera bon vivre, une chance, une chance, donnez-leur une chance… une chance, pardi ! »

– Silence ! intima Bohéchio à Inca. Mais, je vais finir par plumer cet oiseau, par tous les dieux !

– Mais, je vais finir par plumer cet oiseau, par tous les dieux ! riposta Inca.

– Oh assez ! assez ! dit Bohéchio excédé, la cour se retire pour délibérer. L'audience reprendra au coucher du soleil.

La foule se dispersa dans un brouhaha général.

Anacaona et Inca vinrent chercher les accusés pour les inviter à se joindre à eux au bord de la rivière. Quand ils furent enfin seuls, la petite princesse laissa éclater sa joie.

– Bravo Inca, dit-elle en embrassant l'oiseau, mission accomplie ! Personne n'aurait osé perturber la séance autant que tu l'as fait. Cela nous donnera le temps de fourbir nos armes. Ralph, j'ai une bonne nouvelle pour toi. J'ai trouvé la dague. Je l'ai repérée enfin.

– Quoi ! Tu plaisantes ? Où est-elle, où est-elle ? Allez, dis vite que j'aille la chercher.

– Aïe, aïe, aïe ! pas si vite Ralph ! Ce ne sera pas aussi facile que tu peux le croire.

– Allez ! parle ! Ne me fais pas languir.

– Eh bien ! voilà ! La dague était encore plus près que nous le croyions... Elle pend à la ceinture de Cayacoha.

– Mais bon Dieu de bon sang ! comment est-ce possible ! Pourquoi n'y avions-nous pas pensé ? Un instrument aussi précieux, Cayacoha doit ne jamais s'en défaire. Maintenant, comment faire pour la récupérer ? Elle est si proche et en même temps si éloignée.

– Mais, de quoi parlez-vous ? interrogea Christine qui ne comprenait plus rien à leur charabia.

– Eh bien ! je vais tout vous expliquer ! répondit la princesse Anacaona.

– Non, laisse-moi l'honneur de tout leur raconter, supplia Ralph. Si je me trompe dans mon récit, n'hésite pas à m'interrompre.

D'un coup d'œil complice, la petite princesse acquiesça.

– Bon voilà, d'après Guarico, le plus grand et aussi le plus vieux des butios, notre seule chance de salut est cette fameuse dague que détient Cayacoha. Le grand totem qui trône au milieu du village est la clé du mystère. Si nous ne parvenons pas à récupérer cette dague, lorsque nous serons reconnus coupables, Cayacoha pour accomplir la légende plongera celle-ci dans le coin gauche du totem provoquant ainsi un raz-de-marée qui anéantira totalement notre peuple.

– Oh mon Dieu ! quelle chose horrible ! Il nous faut à tout prix l'empêcher de poser pareil acte, dit Christine.

– Mais ce n'est pas tout de l'empêcher d'accomplir la prophétie, comment allons-nous nous en sortir après ? demanda Leïla, angoissée.

– Voilà une question extrêmement pertinente, répondit Ralph, la réponse est simple : la dague !

– Encore elle ?

– Oui, c'est une arme à double tranchant, elle peut indifféremment sauver ou tuer. Par un phénomène tout à fait incroyable, la dague permet aussi à son possesseur de partir pour l'île là-haut, la nôtre. Il suffit de l'introduire dans la petite fente qui se situe à droite du totem et de s'enfermer à l'intérieur de celui-ci pour se retrouver en Haïti grâce à tout un système d'autopropulsion extrêmement sophistiqué.

– Wouaou ! prononcèrent en chœur les jeunes gens, excités, fortement impressionnés et désirant voir de plus près cette petite merveille de technologie qui mériterait d'être testée sur l'heure.

– Vous vous imaginez ce que ça représente ? s'exclama Ralph. Pourtant, Guarico est formel, ce chemin existe depuis cinq siècles. Qui l'a conçu ? Mystère, personne n'en parle jamais prétendant que les Zémès seuls le savent. Moi, je dis qu'à côté de tout ça, la guerre des étoiles n'est rien. Bon ! assez parler ! Il nous faut être très rationnels si nous voulons sauver notre peuple et nous en tirer, nous aussi. Armons-nous de courage !

La bande des quatre passa encore une demi-heure à élaborer un plan avec Anacaona. Ils étaient encore en train de discuter quand le gong retentit.

L'heure de vérité était arrivée.

9

Un roulement de tam-tam annonça le retour du grand jury. Sur le banc des accusés, la bande des quatre se tordait les mains. Leur destinée et celle de tout un peuple allaient-elles être scellées en ce moment même ? C'est le cœur battant qu'ils virent Toussaint Louverture remettre au juge Bohéchio le résultat de la délibération du jury. Un silence lourd plana sur l'assistance.

Bohéchio, quand le roulement de tambour se fut tu, déroula le parchemin avec une extrême lenteur, aggravant ainsi l'angoisse des jeunes accusés.

« Nous, le grand jury, composé des grands chefs indiens, premiers possesseurs du pays d'Haïti, et de nous les généraux Toussaint, Dessalines, Pétion et Christophe qui nous sommes battus jusqu'au sang pour offrir à cette belle terre d'Haïti sa liberté, déclarons les actuels habitants de l'île, coupables du crime de haute trahison. Coupables de non-assistance à pays en danger. Coupables de faire passer leurs intérêts mesquins avant le bien-être de l'île, de massacrer les arbres et la végétation en général, de détruire leur prochain de la manière la plus barbare, de faire disparaître des centaines d'espèces d'animaux terrestres et marins, semant ainsi le deuil et la désolation... »

Entre-temps, Ralph n'en finissait pas de s'agiter sur son siège, fixant Cayacoha et se demandant si lui chiper sa dague serait chose aisée, vu qu'il avait une main posée sur elle en permanence. Les accusés suaient à grosses gouttes en avalant péniblement leur salive.

« ... Par conséquent, nous du grand jury, qui aimons cette terre d'un amour fort et qui ne pouvons supporter qu'elle soit ainsi maltraitée, condamnons ses locataires à la destruction par raz-de-marée. Car, cette terre, ils ne la méritent pas ! »

La foule hurla de joie en brandissant des lances vers le ciel.

Ralph se leva en hurlant :

« Vous ne pouvez pas faire ça ! Donnez-nous au moins une chance de vous prouver de quoi nous sommes capables ! »

– Vous avez eu deux cents ans, deux siècles entiers pour prouver votre amour et vous osez encore demander une chance ? Gardes, maîtrisez-les !

Cayacoha, devant le totem, avait dégainé sa dague. Des gardes encerclaient la bande des quatre qui, le cœur battant, sentait s'évanouir tous ses espoirs. Le plan n'avait pas fonctionné comme prévu. Mais où étaient donc Inca et Anacaona ?

Le roulement de tam-tam reprit quelques secondes puis ce fut le silence le plus total. Cayacoha, à genoux maintenant, priait les dieux en tenant la dague à bout de bras.

– C'en est fait de nous ! dit Ruddy en serrant contre lui ses cousines éplorées.

Au moment où le désespoir faisait loi dans l'esprit des petits Haïtiens, un cri retentit au-dessus de leur tête :

– À l'attaque ! criait Inca, de sa voix éraillée.

Ils n'en crurent pas leurs yeux. Inca avait enfin compris ce qu'on attendait de lui. L'oiseau vola au ras de la foule provoquant la panique, puis fonça tout droit vers le sorcier qui achevait tout juste sa prière.

« À l'attaque ! », répétait-il, tandis que ses pattes recourbées en forme de serres s'emparaient de la dague. Cayacoha, médusé, terrassé par l'effet de surprise, resta pétrifié: une armée d'oiseaux de toutes sortes s'abattit alors sur les spectateurs.

« À l'attaque ! » continuait de répéter Inca en emportant la dague qu'il laissa tomber dans les mains de Ralph.

– Elle est à nous, s'écria celui-ci, euphorique, en se tournant vers ses camarades. Venez, partons vite d'ici pendant qu'il en est encore temps.

Profitant du désordre général, du désarroi de Cayacoha qui poursuivait Inca – il croyait l'oiseau toujours en possession de la dague – la petite équipe se réunit autour du totem. Anacaona vint les rejoindre en courant. Ralph introduisit la dague dans le totem.

– Vite, vite, petite princesse, dit Ralph, le mot de passe qui nous ouvrira les portes de l'île jumelle.

Anacaona fouilla dans ses poches avec fébrilité.

– Vite, vite, insista Ruddy, Cayacoha risque à tout moment de nous repérer.

Mais au grand désespoir de tous, la princesse n'avait plus le mot de passe, malgré les mille précautions prises pour ne jamais s'en séparer depuis le jour où Guarico le lui avait confié.

Le petit groupe s'impatientait.

Christine et Leïla étaient au bord de la crise de nerfs, incapables de maîtriser leurs trépignements.

Brusquement, Ralph s'écria : « Inca ! Inca connaît la formule, il s'amusait à la répéter après nous, tu t'en souviens Anacaona ?

– Incaaaaaa ! hurlèrent en chœur les jeunes gens tandis que Ruddy sifflait pour appeler le bel oiseau couleur de feu.

Le perroquet, en entendant hurler son nom, fit volte-face afin de rejoindre le groupe. À ce moment précis, Cayacoha le repéra et se dirigea lui aussi vers les jeunes excursionnistes, détenteurs de sa dague sacrée.

Répondant à un ordre du sorcier Cayacoha, quelques Indiens tentèrent de faire prisonniers Ralph et Ruddy. Heureusement que ceux-ci n'avaient jamais négligé leurs cours de Karaté. Ils eurent tôt fait de mettre en pratique leur Tae kwon do, mettant K.O. en quelques secondes une bonne douzaine d'Indiens que Christine et Leïla achevaient en leur écrasant sur le crâne quelques cruches en terre cuite. Les Indiens prirent la fuite en jurant que les carabines à poudre des conquistadores en 1492 n'étaient rien à côté de ces jeux de mains et de pieds.

Un autre groupe d'Indiens se croyant plus forts s'aventurèrent à leur tour. Ils connurent le même sort que leurs prédécesseurs.

La bande des quatre se défendit du bec et des ongles au nom du sauvetage de leur peuple.

– Vite, vite, Inca ! le mot de passe, le mot de passe ! Nos amis sont en danger, s'époumona de nouveau Anacaona.

– Zémès, Zémès tout-puissants, ouvrez-moi les portes de la légende de Quisqueya ! cria Inca en plein vol.

La petite équipe, ébahie, vit s'ouvrir le totem. Elle s'y engouffra sans demander son reste. Ralph eut à peine le temps de récupérer la dague. La paroi se refermait sur eux quand Inca les rejoignit de justesse, laissant derrière lui quelques plumes et un Cayacoha furieux et vexé de s'être fait rouler par ces petits diables.

Trois secondes s'écoulèrent sans que rien ne se passe. Déjà les enfants échangeaient des regards inquiets quand une brusque propulsion les projeta en avant à une vitesse qui devait friser les deux cents kilomètres à l'heure. Ils hurlèrent de toute la force de leurs poumons. Oui, ils avaient la sensation d'être encore une fois sur une énorme montagne russe qui les menait à une allure d'enfer du paradis retrouvé au paradis perdu. Combien de temps dura ce voyage au centre de la Terre ? Nul ne saurait le dire, tous ayant perdu tout à coup toute notion de lieu, d'espace et de temps.

■ ■ ■ ■ ■ ■ ■ ■ ■ ■ ■

10

Quand le train infernal stoppa enfin sa course, ils furent tous éjectés du long tunnel et ils atterrirent sur leurs petites fesses sur le sol rougeâtre des deux mille quatre cent mètres du pic Macaya, à l'endroit même où avait commencé leur grande aventure.

Quand le « chef » Ralph, après avoir procédé à l'appel, constata la présence de tous les membres de son équipe avec aussi celle d'Anacaona et d'Inca, il laissa éclater sa joie.

Ruddy se releva en se tenant la tête des deux mains.

– Dites-moi que je n'ai pas rêvé. Je n'arrive pas encore à croire que nous ayons vécu cette belle histoire.

– Nous avons gagné, nous avons gagné ! s'extasia Christine, alors que des larmes de bonheur et de soulagement perlaient dans les yeux de Leïla.

– Et voilà ! tout le monde est sauvé ! reprit Ralph d'un air satisfait.

– Mon Dieu ! qu'est-ce qu'il peut faire froid ici ! s'exclama Ruddy. Il est temps pour nous de rentrer à la maison. Nos parents doivent être fous d'inquiétude.

– C'est vrai, renchérit Christine. Moi, à leur place, je serais morte d'angoisse. Anacaona, viens-tu avec nous ? J'aimerais te présenter à ma famille. Je suis sûre que mes parents seraient ravis de faire ta connaissance ainsi que celle d'Inca, ton bel oiseau de feu.

– J'aimerais bien, mais cela est impossible. Je dois m'empresser de retrouver les miens. Ici prend fin ma mission. Je suis heureuse que vous ayez pu sauver votre peuple. Vous avez été admirables.

Inca répéta « admirables ! », en allant se percher sur la main de Leïla qui l'embrassa sur la tête. Toute l'équipe éclata de rire et remercia avec effusion la petite princesse et son perroquet génial.

– Nous ne t'oublierons jamais, princesse, lui assurèrent les filles.

– Nous ne saurons jamais comment te remercier de ton aide !, lui dirent les garçons.

– Allez, votre bonheur à tous me suffit ! Partez maintenant avant que ne tombe la nuit.

Ils serrèrent, à tour de rôle, la princesse dans leurs bras tandis que Ralph, le cœur étreint par l'émotion, restait en retrait.

– Bonne chance, leur dit-elle.

La petite équipe salua la princesse une dernière fois d'une profonde révérence et resserrant leurs chandails pour se préserver du froid, ils s'en allèrent.

Ralph, les yeux rivés sur Anacaona, entendit les pas de ses compagnons décroître sur le sol broussailleux de la montagne. Quand ils furent seuls, la petite princesse et lui s'étreignirent pendant de longues minutes dans un profond silence qui ne laissait percer que le bruit de leur cœur battant à l'unisson dans toute la force de leur jeune et bel amour.

Ralph, le premier, se détacha de sa compagne. Il tira de sa poche une chaîne au bout de laquelle pendait une belle opale cerclée d'or.

Avec une infinie douceur, il la passa au cou de la petite princesse tremblante d'émotion mal contenue.

– Ceci est pour te dire merci pour tout et aussi... aussi... pour te dire combien... je tiens à toi. Ce bijou avait appartenu à ma grand-mère. Je reviendrai un jour te chercher pour t'épouser, je t'en fais le serment.

– Pour m'épouser ? bégaya Anacaona, émue, mais mon père ne voudra jamais... à cause de...

– Ne t'en fais pas, je vais tout mettre en œuvre pour mériter ton amour et le respect de ton père et des tiens. Quand je reviendrai dans quelques années, mon pays sera aussi beau que Quisqueya. Une nouvelle chance nous est offerte afin de nous racheter. Nous n'allons pas la rater cette fois. Je ferai l'impossible pour mériter ton cœur, ma belle princesse. Dis, tu m'attendras?

– Je ne vivrai désormais que pour le jour de nos retrouvailles.

En disant cela, elle tira un anneau de son doigt, prit la main de Ralph et mit la bague à son annulaire.

– Prends ceci en gage de mon amour éternel, murmura-t-elle en lui baisant timidement la joue. Je suis fier de mon héros, ajouta-t-elle, en lui dédiant son plus beau sourire.

– Je t'aime, dit-il en la prenant dans ses bras.

– Je t'aime, répondit-elle.

Quand leurs lèvres se joignirent, ils eurent tous deux l'impression de flotter sur un nuage. De longues minutes s'écoulèrent ainsi.

Ralph, au prix d'un effort surhumain, finit par libérer la petite princesse de son étreinte.

– Allez, va maintenant ! Tu diras à Cayacoha que dans quelques années je reviendrai pour lui restituer la dague. À ce moment-là, elle ne servira plus à punir, mais seulement à faire visiter mon beau pays aux habitants de Quisqueya. Et puis il faudra bien que tout le monde vienne assister à nos noces dans cette autre Haïti.

Leurs yeux eurent du mal à se détacher de leurs visages, et leurs doigts entremêlés se dénouèrent avec peine, mais leurs cœurs pleins d'amour et gonflés d'espoir savaient que les fruits tiendraient la promesse des fleurs.

– Au revoir, je t'aime, je t'aime! répéta Inca, l'œil brillant.

Ralph lui piqua un baiser sur le crâne en riant.

– Au revoir, Inca !

Quand la petite princesse disparut dans le tunnel, emportant son bel oiseau salvateur, Ralph poussa un cri d'allégresse en offrant son visage à la fine pluie qui commençait à tomber comme une bénédiction.

Port-au-Prince le, 23 septembre 1998

■ ■ ■ ■ ■ ■ ■ ■ ■ ■ ■

La Légende de Quisqueya II

Xaragua, la cité perdue

roman

■ ■ ■ ■ ■ ■ ■ ■ ■ ■ ■

Margaret Papillon

85

Résumé

La Légende de Quisqueya II,
Xaragua, la cité perdue.

Quelques années après sa grande aventure dans le territoire sacré de Quisqueya, la bande des quatre décide de se rendre à nouveau dans l'île jumelle, car Ralph veut demander au grand cacique Bohéchio la main d'Anacaona la petite princesse de son cœur. Sa part d'île devenue para- disiaque, il a enfin le droit d'épouser celle qu'il aime depuis si longtemps.

Nos jeunes aventuriers sont heureux d'entreprendre ce voyage. Mais, arrivés à destination, une surprise de taille les attend. La cité secrète est tout à fait déserte. Mais où se trouve donc la tribu arawak ? Quel drôle de mystère en- toure cette soudaine disparition ?

Partis à la recherche des Taïnos, nos amis tombent dans une embuscade et sont faits prisonniers en plein milieu de la forêt…

Que va-t-il se passer ? Nos héros pourront-ils à nouveau se tirer de ce mauvais pas ? Ralph pourra-t-il épouser la princesse indienne ?

Xaragua, la cité perdue, *fait suite à la Légende de Quisqueya qui, par sa dimension humaniste, est incontestablement un des livres-clefs de la littérature jeunesse en Haïti et jouit depuis sa parution d'un phénoménal succès de librairie.*

« Votre imagination est une grâce du ciel et je vous l'envie ! »

Jean Fouchard (correspondance avril 1988)

À mes enfants Sidney et Coralie

1

De se retrouver au pic Macaya fut un bonheur sans pareil pour les jeunes aventuriers de la bande des quatre. Les souvenirs de la grande aventure vécue quelques années auparavant leur revenaient, soulevant en eux une grande vague de joies et d'émotions presque oubliées.

Pour Ralph, le grand jour était arrivé. Le jour où il pouvait enfin prétendre lier son existence à celle d'Anacaona, la petite princesse de son cœur. Tous les obstacles pouvant empêcher cette union avaient été balayés. Son île, Haïti, était redevenue belle. Les promesses avaient été tenues. Désormais, les deux îles, Haïti et Quisqueya, ressemblaient à de vraies jumelles.

En effet, Haïti n'avait plus rien à envier à Quisqueya. Des arbres par millions assuraient une couverture végétale exceptionnelle et ceux-ci vivaient enfin heureux. Les sources et les rivières se comptaient par milliers. Les oiseaux, en voyant leurs arbres revivre, revinrent de partout avec toutes leurs familles pour y habiter à nouveau. Et les Haïtiens, fort heureusement, avaient mis fin à leurs querelles ancestrales pour cohabiter dans la paix. Finie cette haine qui les divisait ! Ils avaient pris conscience que leur terre restait leur bien le plus précieux ; car sans terre, l'homme est condamné à errer chez les voisins qui fort souvent se montrent inhospitaliers.

Ce moment tant attendu par Ralph avait vu le jour. Il était fier de sa part d'île, et c'est dignement qu'il s'apprêtait à demander la main d'Anacaona au grand cacique Bohéchio.

Quand il avait appelé ses cousins et fidèles compagnons d'aventure, Ruddy, Christine et Leïla, pour leur faire part de sa décision de repartir pour Quisqueya, sans hésitation aucune, ceux-ci avaient accepté de se joindre à lui. Pour rien au monde, ils n'auraient raté ça. Quelle joie de revoir Anacaona et Inca ! Quel bonheur de pouvoir annoncer à Cayacoha et au roi Bohéchio que leur pays était aussi beau que le leur ! Vraiment, ils avaient hâte d'être « en bas » !

Aussi ils n'eurent aucune peine à retrouver la piste des abîmes, celle qui devait les mener, une nouvelle fois, à Quisqueya.

C'est en riant qu'ils recommencèrent le petit scénario qui allait déclencher l'ouverture du tunnel.

« Te souviens-tu, Ruddy ? demanda Christine, te souviens-tu de Ralph débitant son charabia ? Ralph se tapant la poitrine en disant : « Nous sommes les maîtres du monde ! » Ô mon Dieu ! Nous étions tous fous à l'époque. Et dire que nous avons risqué nos vies pour une collection de timbres. Vraiment, on n'a pas idée de faire pareille chose. »

– Heureusement que la vie nous a montré qu'à quelque chose malheur est bon, car cela nous a permis de sauver notre pays de la destruction totale, déclara Leïla.

– Moi, je ne suis pas d'accord avec vous, rétorqua Ruddy. Nous n'étions pas fous, mais jeunes et fougueux, et c'est cette même fougue qui nous anime aujourd'hui. Car nous faisons ce voyage pour permettre à notre chef, Ralph (en disant cela il se mit au garde-à-vous et parla comme un soldat), de retrouver sa merveilleuse fiancée.

Puis, il ajouta l'air malicieux :

– Et si elle… s'était mariée entre-temps ?

– Arrête de me taquiner mon grand, protesta Ralph, c'est le plus beau jour de ma vie. Ne me force surtout pas à te provoquer en duel. Car, cher ami, une offense, ça se paie cher. Prie pour que je ne te fasse pas goûter de mon colt, ajouta-t-il en imitant l'accent de Anthony Stephen, un très ancien acteur de *western*.

– Ça suffit, bande de gamins ! dit Christine en riant. Vous n'avez quand même plus quinze ans. Moi, je ne peux plus attendre, il nous faut descendre tout de suite dans Quisqueya.

– À vos ordres, mamzelle Christine, plaisanta à nouveau Ruddy, je m'en vais planter le drapeau et nous glisserons jusqu'à la cité secrète.

Ils éclatèrent tous de rire et Ruddy s'exécuta. Les jeunes gens retinrent leur souffle, et la terre s'ouvrit à nouveau sous leurs pieds. Le grand souffle de vent les happa et ils glissèrent pour la seconde fois sur le toboggan géant qui allait les mener à la vitesse d'un supersonique dans Xaragua, la capitale de Quisqueya.

■ ■ ■ ■ ■ ■ ■ ■ ■ ■ ■

2

C'est avec une émotion mêlée d'appréhension qu'ils sortirent de la vieille grotte qui était restée intacte. Telle qu'ils l'avaient vue quelques années plus tôt.

– Suivez-moi, je vous ramène tous à la maison ! dit Ruddy en se précipitant à l'extérieur.

À cette phrase, les autres éclatèrent de rire en se remémorant leur frayeur de s'être égarés dans un *ailleurs* qui leur était totalement inconnu.

Dehors, ils retrouvèrent la senteur des bois odorants, mais celle-ci ne leur était plus étrangère. Chez eux aussi, cette odeur embaumait l'air. Ils marchèrent jusqu'à la pirogue qui semblait les attendre depuis longtemps pour les ramener vers les premiers maîtres de l'île.

Ils pagayèrent quelques heures et cherchèrent vainement l'épave de la *Santa Maria* dans laquelle ils

s'étaient amusés lors de leur premier passage à Quisqueya. Sans y réfléchir plus longtemps, ils poursui-
virent leur chemin jusqu'à la cité indienne.

Quand ils accostèrent sur les rives de Xaragua, ils
furent frappés par le silence lourd et angoissant qui
régnait sur toute la région. On n'entendait même plus
le pépiement des oiseaux. Plus ils avançaient, plus ils
avaient l'impression d'être épiés sans pour autant ren-
contrer âme qui vive.

Une plus grande surprise les attendait au campe-
ment indien. Tout était désert, comme si les habitants
avaient fui, apeurés par une quelconque bête sauvage.
Leurs effets étaient bien là, mais pas une trace de vie
humaine.

Le cœur de Ralph battait la chamade. Un douloureux pressentiment vint lui tordre l'estomac.

« Inca, Inca, Anacaona ! cria-t-il, pris d'une grande
panique en cherchant l'oiseau dans les arbres avoisi-
nants.

Mais hélas, seul l'écho lui répondit :

« Incaaaaaaaaa ! Anacaonaaaaaaaa ! »

– Mais qu'a-t-il pu se passer ? demanda Leïla abasourdie. C'est incroyable. On dirait qu'ils se sont tous
volatilisés !

– Ça alors ! s'exclama Ruddy totalement désemparé, pour une surprise, c'en est une. Moi qui étais si heureux de les revoir tous.

– Peut-être qu'ils veulent nous faire une blague, reprit Christine. Ils ont été se cacher en nous entendant arriver et bientôt ils vont se montrer.

Ralph, de son côté, était totalement désemparé. Il cou- rait dans tous les sens dans l'espoir de trouver un indice qui lui permettrait d'élucider ce nouveau mystère.

Il se mit à genoux au milieu du camp et implora les zémès, les dieux de l'île, pour qu'ils l'aident à élucider le mystère de cette disparition.

Les dieux ne lui dirent pas ce qu'il voulait entendre, mais, soudain, une pensée lumineuse vint éclairer le visage du désespéré.

– Le grand butios ! cria-t-il en se relevant, le plus grand des butios ! Il faut retrouver Guarico.

– Guarico ? reprirent ensemble les trois autres.

– Il n'a pas l'air d'être présent lui non plus ! dit Christine.

– Non, il faut aller le chercher dans son arbre. C'est vrai que j'avais été le voir seul avec Anacaona, donc vous autres vous ignorez tout de lui. Venez tous, suivez-moi. C'est Guarico qui sait tout. C'est lui qui connaît le présent, le passé et l'avenir. Lui seul consulte les oracles !

– Souhaitons qu'il ne se soit pas volatilisé lui aussi, dit Ruddy un brin sceptique.

Ils partirent tous vers l'arbre de la vie où se trouvait Guarico, le plus grand et le plus vieux des butios ; par-delà les rivières aux rives de diamants, pardelà les montagnes hautes comme le pic Macaya.

***

Arrivé face à l'arbre de la vie, Ralph, sous le regard ébahi de ses cousins, sarcla quelques pouces de terrain et décrivit un cercle avec la dague de Cayacoha qui ne l'avait jamais quitté. Puis il récita les incantations que la princesse indienne lui avait apprises. Il espéra de tout son cœur que la formule marcherait à nouveau. Son angoisse ne dura que quelques secondes. Le rayon lumineux sortit brusque- ment du ciel et vint éclairer le cercle. Ralph pria ses cousins de le rejoindre dans celui-ci. Quand ils furent tous illuminés, le tronc de l'arbre de la vie s'ouvrit pour laisser apparaître Guarico, le plus grand et le plus vieux des butios.

« Dieu soit loué, vous êtes vivant !» dit Ralph en faisant une profonde révérence au grand butios.

– Ah ! c'est vous Ralph ! dit Guarico dont la face s'illumina soudain d'une joie indicible. Comme je suis heureux de vous revoir ! Mais vous n'êtes pas seul ?

– En effet, j'ai avec moi mes cousins qui sont en même temps mes compagnons d'aventure.

– Ah oui, je vois ! Vous êtes tous de retour !

– Oui. Le moment était venu pour nous de revoir Quisqueya. Notre île, Haïti, est maintenant belle et prospère. Les promesses ont été tenues, et cela m'autorise à demander enfin la main de la princesse Anacaona au grand chef Bohéchio.

À ces mots, le visage du grand butios se ferma. Une profonde tristesse sembla l'habiter soudain.

– Ah ! mon pauvre Ralph, je crains que vous n'arriviez trop tard !

– Trop tard ? s'exclama la petite troupe totalement abasourdie et ne voulant pas en croire ses oreilles.

Ralph sentit comme un poignard s'enfoncer dans son cœur. Il paniqua.

– Non, non. Ce n'est pas possible. Ne me dites pas que Anacaona est morte, je peux en devenir fou !

– Ah, jeune homme, ceci est une longue histoire. Et voilà bien des lunes que cela est arrivé…

– Mais qu'est-il arrivé ? s'affola Ralph incapable de se maîtriser plus longtemps. Le grand butios jeta un regard circulaire sur la forêt, comme s'il soupçonnait mille yeux de l'espionner. Puis, presque dans un murmure, il dit :

« Ne restons pas ici, c'est peut-être dangereux. Rentrons dans mon antre, nous consulterons les oracles. Ils me diront quoi faire.»

– Inca ! cria soudain Christine en apercevant un superbe ara perché sur une branche d'arbre non loin d'eux.

L'oiseau ne bougea pas.

– Ce n'est pas Inca, dit Guarico. C'est Kakou, le fils d'Inca. Ce dernier à été enlevé avec les autres. Je ne l'ai plus revu non plus.

– **ENLEVÉ** ! s'étonnèrent les jeunes gens.

– Pas de panique ! Je vais vous raconter cela plus tard.

Le grand butios émit un petit sifflement. Kakou s'envola et vint se poser sur ses doigts tendus vers lui.

« Allez ! dis bonjour, Kakou ! Ces jeunes gens ont connu ton père autrefois. »

– Bonjour, fit l'oiseau qui était le portrait craché d'Inca et il continua :

« Allez, dis bonjour ! Allez, dis bonjour ! »

– Assez ! ça va, ça va ! lui intima Guarico en l'emportant.

Et la porte du grand arbre se referma derrière eux.

3

Il faisait très froid quand la bande des quatre arriva au cœur de la forêt. La végétation était devenue de plus en plus dense. Des arbres immenses se dressaient devant eux dans toute leur majesté. De leurs branches pendaient de grandes lianes qui leur donnaient l'air d'être chevelus.

Ruddy en attrapa une et s'amusa à jouer à Tarzan. Il s'y balança en poussant le fameux cri du maître de la jungle : « Aouaouaaaaaaaaa ! »

Christine et Leïla en firent autant en riant aux éclats.

Ils s'amusaient tous comme des fous dans cette grande forêt. Sauf Ralph, le pauvre ! Depuis l'incroyable récit du grand butios, il n'avait plus l'âme à rire. Il ne voyait pas clair dans toute cette histoire abracadabrante, et une sourde angoisse lui broyait le cœur.

Ruddy vit son anxiété et arrêta de faire le clown pour tenter de calmer son angoisse.

– Allons, allons ! mon vieux ! Elle n'est quand même pas morte, ta jolie princesse. Inutile de faire cette tête. Tu vas voir, nous allons la retrouver, et ceci, en moins de temps qu'il ne faut pour le dire.

– Parle toujours, Ruddy. Cela nous fait deux jours de marche et nous n'avons pas encore trouvé la moindre trace de vie humaine. Et cette forêt qui se fait de plus en plus dense comme si elle voulait se refermer sur nous me fait craindre le pire.

– Voyons, Ralph, ils sont vivants… ils sont tous vivants ! Il nous suffit de les retrouver. Et Kakou est un bon guide. Il connaît le chemin qui mène vers eux, il les voit souvent. C'est pourquoi Guarico lui a demandé de nous accompagner. Pauvre grand butios ! N'était son grand âge, ils seraient venus avec nous. Mais avec ses rhumatismes qui le clouent dans son arbre, il lui est très difficile de se déplacer. Kakou connaît le chemin par cœur. N'est-ce pas, Kakou ?

Le magnifique ara, fils d'Inca, répéta : « Kakou con- naît le chemin par cœur, Kakou connaît le chemin par cœur ! »

– Tu vois que nous sommes en de bonnes mains, dit Ruddy en riant.

– Nous ne savons rien de cet enlèvement collectif, Ruddy, dit gravement Ralph, peut-être que les Indiens sont de nouveau victimes de mauvais traitements. Guarico ne sait rien de ces gens qui les ont emmenés. Il n'était pas présent lors du rapt. Il ne peut se référer qu'à ce que raconte Kakou, et Dieu seul sait combien le vocabulaire de celui-ci est limité. Ne trouves-tu pas incroyable toute cette histoire ? Les Arawaks étaient seuls à habiter Quisqueya. Comment ont-ils pu être enlevés, et par qui ? Que leur veulent ces gens ?

– Eux seuls pourront répondre à tes questions, déclara Ruddy. Attends de les avoir retrouvés. Entretemps, nous ne pouvons qu'avancer.

Brusquement, Kakou qui les précédait toujours pour leur servir de guide, prit ses ailes à son cou en poussant des cris perçants :

« Arrière toute, arrière toute ! hurla-t-il totalement paniqué. Barbares à tribord et à bâbord ! Arrière toute ! Arrière tououououte !

Nos amis ne virent rien du tout, ni à tribord ni à bâbord, mais ils firent crédit à Kakou qui connaissait bien la forêt. Ils détalèrent comme des lapins. Mais à leur grand étonnement, bientôt leurs pieds ne touchèrent plus terre. Ils s'enfoncèrent dans un trou béant d'où ils ressortirent captifs.

En effet, ils étaient tombés dans un piège. Un gigantesque filet les avait faits prisonniers et les hissait à une vitesse vertigineuse vers la cime des grands arbres.

Ils poussèrent de longs hurlements d'effroi :

« Aaaaaaa**aaaaaaaa**hhhhh ! » qui firent s'envoler

dans un vacarme assourdissant tous les oiseaux des alentours.

Des rires démentiels se firent entendre. La bande des quatre eut la surprise de sa vie en découvrant, de l'endroit où elle était perchée, de drôles d'arlequins en train de se tordre de rire.

Le premier moment de frayeur passé, Ralph s'écria :

« Mais ce sont des conquistadores espagnols. Bon Dieu de bon sang ! Que veut dire tout ça ? »

– Bien vrai que ce sont des conquistadores, renchérit Ruddy. Je reconnais leur armure, leur casque et leurs carabines. Dans quel autre monde sommes-nous encore tombés ?

– Ah non ! un autre monde ? Ça ne va pas recommencer ! protesta Leïla qui avait les jambes pendantes dans le vide et le visage écrasé par les cordages.

À leurs pieds, les hommes continuaient de rire en les montrant du doigt.

« Eh ! vous en bas ! hurla Christine. Faites-nous descendre tout de suite, compris ?

Au grand étonnement de tous, ces messieurs arrêtèrent de rigoler pour obtempérer.

C'est vrai qu'ils les firent redescendre, mais pas du tout comme ils l'auraient souhaité. À l'aide d'un sabre, ils coupèrent la corde principale, et le grand filet redescendit à la vitesse que lui imposa la pesanteur. Voyant qu'ils allaient s'écraser contre le sol, nos jeunes aventuriers poussèrent des hurlements de terreur.

Mais, au moment où ils allaient toucher terre, le filet stoppa sa course.

« Ouf ! à temps ! s'écria Ruddy dont le front dégoulinait de sueur froide. »

Les conquistadores, ou ceux qui en portaient le déguisement, riaient de plus belle.

« Arrêtez de vous marrer, s'impatienta Ralph, et libérez-nous ! D'abord qui êtes-vous ? Pourquoi êtes-vous chamarrés de la sorte ? »

– Nous sommes des Espagnols venus reconquérir la terre d'Hispaniola. Cette terre toujours pleine d'or et…

– Tais-toi, Salvatore ! cria celui qui avait l'air d'être à la tête de la troupe. Nous n'avons rien à dire à ces jeunes étrangers. Emmenons-les au fort La Nativité. Le *señor Christopher Columbus* saura quoi leur dire. Nous, notre mission était de les attraper. C'est fait. Maintenant nous rentrons au camp. Détachez-les !

Les Espagnols coupèrent les cordes du filet, et les jeunes Haïtiens purent enfin se dégourdir les jambes. Ils posèrent dix mille questions qui restèrent toutes sans réponse, leurs interlocuteurs s'étant enfermés dans un profond mutisme. Ils se résignèrent à les suivre dans leur fameux camp pour en savoir plus sur cette étrange invasion dans le territoire sacré de Quis-queya, une terre qui avait vu le jour pour permettre aux Indiens d'échapper aux vandales qu'étaient les conquistadores.

■ ■ ■ ■ ■ ■ ■ ■ ■ ■ ■

4

Dès leur arrivée au camp, ils furent dirigés vers le bureau du *señor* Columbus. En traversant la cour, Ruddy s'écria :

« Mais, c'est vraiment le fort La Nativité ! C'est avec les restes de la *Santa Maria* que celui-ci a été construit. Je reconnais la résine qui sert à rendre étanches les parois d'un navire. C'est la raison pour laquelle nous n'avons pas pu retrouver la fameuse caravelle. Celle-ci a une fois de plus servi à la construction du nouveau fort « La Nativité » !

Un murmure de surprise parcourut la petite troupe qui s'était rendue à cette évidence.

– Cela signifie que le *señor* Columbus dont parlaient ces hommes tout à l'heure n'est autre que l'amiral Christophe Colomb, dit Christine quand la bande des quatre se retrouva dans l'antre de l'amiral.

– En effet, jeune fille, c'est bien de moi qu'il s'agit ! dit une voix d'outre-tombe derrière elle.

Ils sursautèrent tous. Et dire qu'ils croyaient en avoir fini avec certaines émotions. Ils se tournèrent vers l'amiral qui leur apparut tel qu'ils l'avaient vu dans leur livre d'école primaire. Grand et costaud (comme Barbenoire) et vêtu de ses habits du XVe siècle.

« Je suis Christophe Colomb, vice-roi d'Hispaniola, dit-il dans une profonde révérence. Et à qui ai-je l'honneur ? »

La bande des quatre se présenta, et Colomb eut un grand rire en entendant leur nom.

« Ah ! c'est vous ! s'exclama-t-il. Mais alors, je vous dois un grand merci. »

– Un grand merci ? interrogea Ralph tout à fait surpris.

– Bien sûr, un grand merci ! Car c'est grâce à vous que j'ai pu repérer ces petits coquins d'Indiens. Ça fait longtemps que je me demandais comment nous avions pu les exterminer tous en si peu de temps. Jamais je ne m'étais imaginé qu'ils auraient pu demander à leurs dieux de renverser l'île. Ah, les petits malins ! C'était bien joué de leur part. Aujourd'hui, j'en suis tout heureux, car je retrouve un pays au sous-sol très riche en or. L'or, l'objet de toutes les convoitises ! Cet or, encore une fois, m'appartiendra.

Quel jour magnifique a été celui où vous avez découvert Quisqueya !

– Je vous en prie, soyez plus clair, monsieur ! dit Christine qui avait du mal à comprendre ce que d'avance elle qualifiait de grande catastrophe.

– Ce n'est pas bien difficile. Après ma mort, mon âme avait continué à errer sur cette terre ; parce que justement je sentais que quelque chose m'avait échappé. Et ce quelque chose s'appelait « la légende de Quisqueya ». Un jour, au cours de mes promenades habituelles à travers l'île d'Haïti, cherchant toujours vainement comment mettre fin à mes cinq cents ans d'errance, je vous vis sur les hauteurs du pic Macaya en train d'y planter un drapeau. Heureusement que l'âme est invisible. Je m'intégrai facilement dans le groupe, voulant ainsi tuer mon ennui. Quelle ne fut pas ma surprise de voir la terre s'ouvrir sous vos pieds et vous engloutir tout d'un coup et moi avec. C'est ainsi que j'ai découvert la cachette des Indiens. Pouvez-vous vous imaginer mon bonheur ? Enfin, j'allais pouvoir, lors de ma seconde mort (qui arrivera aussi tard que possible, je l'espère), quitter définitivement le monde terrestre. Mais, avant d'en arriver là, il fallait que je reconquisse cette cité perdue pour accomplir mon *karma* comme on dit. Et c'est là que les choses se sont quelque peu gâtées. J'ai assisté silencieusement au procès que vous méritiez bien. Quel capharnaüm là-haut à cette époque ! Ce n'est que plus tard que je me suis rendu compte qu'il m'était, à moi aussi, malgré mon invisibilité et mon immatérialité, impossible de rentrer ou de quit- ter Quisqueya sans dague et sans formule magique. Les Zémès avaient bien fait leur boulot en protégeant les habitants de Quisqueya contre les fantômes même des conquistadores. Alors, j'ai dû partir du territoire sacré de Quisqueya avec vous, dans le totem. Avec cet oiseau bruyant et piaillant. Comment se nommait-il déjà ? (Il réfléchit un instant) Inca, voilà, voilà, c'est Inca ! Il était assis sur ma tête sans le savoir. Je ressens encore ses pattes s'enfonçant dans mon crâne et ses plumes qui s'effritaient sur mon visage à chaque battement d'ailes. J'en ai eu plein la bouche jusqu'à en être dégoûté. Vous vous imaginez : nous étions sept dans ce totem fait uniquement pour Caya- coha le grand sorcier indien. Une des filles était debout sur mon petit orteil, en plein sur mon cor. Que c'était douloureux ! J'ai hurlé moi aussi quand la propulsion avait commencé, mais je vous assure que ce n'était nullement de frayeur. Mon orteil s'allumait telle une ampoule électrique.

La bande des quatre, baba de saisissement, avait complètement perdu la parole, se contentant de fixer l'amiral avec de grands yeux de merlan frit.

« … Et puis, le plus difficile a été de convaincre à nouveau tous ceux dont l'âme errait encore, à cause de la disparition des Indiens, que ceux-ci étaient encore bien vivants et se trouvaient cachés sous l'île d'Haïti. Il me fallut trouver le moyen de contourner

tous les obstacles qui pouvaient m'empêcher d'atteindre Quisqueya. Je savais déjà que la terre était ronde,
mais cette information n'avait plus aucune importance dans le monde surréel dans lequel mon âme
évoluait à présent. J'ai dû, encore une fois, faire appel
au bon roi Ferdinand et à la reine Isabelle la catholique. Ce fut très dur de les persuader qu'il y avait
quelque part des Indiens qui s'étaient soustraits à
l'évangélisation. La pauvre reine comprit enfin pourquoi son âme errait toujours : sa mission n'était pas
totalement accomplie. Le roi dut la consoler tant elle
pleurait. « Il y a encore sur Terre des humains qui ne
savent pas que Jésus était venu pour nous libérer du
péché. Des humains ignorants des enseignements de
la sainte mère l'Église catholique apostolique et ro-
maine ! Impensable, vraiment incroyable !», a-t-elle
hurlé en demandant au roi de me fournir à nouveau
des caravelles et des hommes. Bien entendu, ceux-ci
me prirent encore pour un fou. Il fallait être vraiment
cinglé pour entreprendre deux fois un tel voyage.»

La petite troupe, toujours bouche bée, avait du mal
à en croire ses oreilles. Une vraie histoire de dingues.

« Mais… ce voyage, balbutia Leïla, vous… l'avez
fait comment ? »

– Ah ! ça, Mademoiselle, c'est toute une histoire !
Le roi Ferdinand dut faire appel au magicien le plus
fameux de son royaume afin de résoudre le plus
grand mystère de tous les temps : le mystère de la légende de Quisqueya.

Colomb haussa si haut le ton en prononçant cette dernière phrase que les jeunes gens sursautèrent.

L'amiral, comme agité soudainement par une grande fièvre résultant d'une passion débordante, se mit à arpenter nerveusement la pièce. Puis, c'est avec grandiloquence qu'il poursuivit son récit. Dans sa voix aux fluctuations dramatiques perçait une pointe de fierté, le bonheur d'avoir réussi encore une fois une traversée à nulle autre pareille. Une traversée dont tout autre que lui aurait vite fait d'abandonner l'idée.

« … Oui, messieurs et dames, le magicien de la cour a réussi cette prouesse. Cela lui prit de longues années, il est vrai, mais c'est fait. Il a découvert la formule magique qui nous a permis d'aboutir à Quisqueya par la mer. Oui, messieurs et dames, par la mer ! répondit-il à la question muette de ses jeunes vis-à-vis. La mer, oui la mer ! Mais, celle qui est dans le ciel ! », ajouta-t-il dans un murmure en pointant l'index vers le haut, les yeux pétillants de malice.

– Alors, il y a tout un monde à l'envers du vrai, comme pour Quisqueya et Haïti ? demanda Ruddy que toute cette histoire passionnait on ne peut plus.

– Vous avez tout compris, jeune homme. José Maria de la Luz, le plus grand des magiciens, a dé- couvert la théorie des mondes parallèles. Oui, messieurs et dames, José Maria de la Luz, pour faire plaisir à la reine Isabelle la catholique, et permettre à celle-ci de poursuivre son œuvre d'évangélisation des peuples primitifs, a découvert le moyen de s'immiscer dans la quatrième dimension. Ah ! quand ils nous ont vus débarquer à Quisqueya, les Indiens ont reçu comme un coup de massue ! Nous leur avons prouvé que notre magie vaut bien la leur.

– Mais qu'a-t-il fait, votre José Maria de la Luz ? questionna Christine qui avait hâte d'en savoir plus. Qui nous dit que cette histoire de monde parallèle existe vraiment ?

– Quisqueya en est la preuve évidente ! s'indigna Colomb, la mine sévère, en tapant du pied sur le plancher de bois. Ce qui fit sursauter la bande des quatre. Puis, d'une voix lente aux modulations inquiétantes, il ajouta :

« Je vous mets au défi de trouver la manière dont nous nous sommes pris pour pénétrer dans ce monde-là. Nous qui n'étions sûrement pas des élus comme vous. Pas de toboggan pour les conquistadores. Au contraire, les portes de Quisqueya nous étaient à jamais fermées.

Ralph, qui jusque-là s'était tu, rompit son silence :

« Écoutez, monsieur l'amiral, nous sommes très heureux d'apprendre que vous êtes venu tout seul ici, comme un grand. Pour le moment, votre devinette est loin de m'intéresser. Tout ce que je veux savoir, c'est où est Anacaona, ma fiancée, et où est son peuple. Ce sont eux que nous voulions voir en revenant à Quisqueya. Quant à l'histoire de votre univers binaire et à vos devinettes, je n'ai rien à y voir. Dites-moi où sont les Indiens ! »

L'excitation de Colomb tomba d'un coup. La déception se peignit sur son visage.

« Quelle arrogance, jeune homme ! Ces gens sont mes prisonniers. Ils travaillent à redorer le blason de l'Espagne qui en a plus besoin que jamais. Grâce à l'or caché de Quisqueya, dont nous allons extraire la moindre parcelle, la péninsule ibérique redeviendra la plus grande puissance du monde.»

– Ce serait une grande injustice, gronda Ralph que la colère transfigurait. Ce peuple a tout fait pour échapper à votre barbarie. Cinq cents ans de cache pour en arriver là ? C'est vraiment désolant. Vous et vos hommes avez fait assez de mal au Nouveau Monde au nom de votre prétendue évangélisation. Un continent tout entier a été spolié et saccagé, cela ne vous suffit-il pas ?

– Quoi ! vous osez remettre en question l'une des plus grandes conquêtes de tous les temps ?

– Conquête ? Parlons-en ! Disons plutôt l'un des plus grands génocides que la terre ait connus. Derrière vous, vous n'avez laissé que tristesse et déso- lation en massacrant cette race d'hommes que vous avez appelés Indiens, parce que vous pensiez avoir atteint l'Inde. Je n'accepterai pas que vous fassiez à nouveau du mal aux Arawaks, un peuple pacifique qui ne demande qu'à vivre en toute quiétude. Laissez-moi vous dire, cher amiral, que votre découverte n'a été qu'une porte ouverte à la monstruosité.

– Monsieur ! riposta Colomb, fulminant, « ma découverte » a apporté la civilisation chez les sauvages.

– Civilisation ? Depuis quand l'esclavage a-t-il été une preuve de civilisation ?

Silencieusement, un homme vêtu d'une soutane pénétra dans la pièce.

– Ce jeune homme a raison, Votre Majesté, dit ce dernier d'une voix à peine audible qui, pourtant, fit sursauter toute l'assistance. Je vous l'ai répété sans cesse, mais vous ne vouliez pas en tenir compte. Vos hommes ont vraiment causé des torts considérables à ce continent.

– Monsieur de Las Casas, qui vous a permis de pénétrer en mes bureaux ? s'insurgea Colomb.

– La cause que je n'ai cessé de défendre m'autorise toute liberté, amiral, répondit le dénommé Bartolomé de Las Casas. Il faut libérer ce peuple. Il a déjà assez souffert de la méchanceté des nôtres dans le passé. Ce serait regrettable d'avoir à refaire les mêmes bêtises.

– Cet homme a raison. Les conquistadores amenés par vous ont commis les pires injustices ! reprit Ralph, heureux de trouver un appui en Las Casas qui a toujours été un farouche défenseur de la cause indienne. Il fut même dénommé le « Protecteur des Indiens ».

L'amiral resta un instant confus et perplexe.

« Dois-je croire à cette histoire affreuse que m'a contée le *señor* Bartolomé ? Dois-je croire qu'après ma mort les pires vilenies ont été commises au nom du Christ rédempteur ?

– Oui, Majesté ! dit l'homme vêtu de ses habits de moine spiritain. C'est la raison pour laquelle j'implore votre sagesse. Demandez à votre grand magicien José Maria de la Luz de convoquer les grands esprits. Nous débattrons du sujet avant que l'irréparable ne soit commis. Avant que vos hommes ne rééditent leur funeste besogne.

– Le père Bartolomé de Las Casas a raison ! intervint Ralph, bouillonnant. Pour connaître... le vrai

du faux et éviter le pire, il serait bon d'ouvrir une audience. Nous, nous y avons bien eu droit dans le passé. Cela nous a permis de redresser nos torts afin de faire de notre part d'île cette merveille de beauté que tous peuvent admirer aujourd'hui.

L'amiral poussa un long soupir, réfléchit de nombreuses minutes puis finit par accepter l'idée d'une audience publique.

Il se dirigea d'un pas lent vers un petit secrétaire situé au fond de la pièce. Il attrapa une plume d'oie, la trempa dans son encrier puis se saisit d'un parchemin et y écrivit quelques mots.

Il remit le pli solennellement à Las Casas en disant :

« Demandez au *señor* José Maria de la Luz d'interpeller le roi Ferdinand et la reine Isabelle la catholique, l'empereur Charles Quint, le *señor* Ojeda, le *señor* Bobadilla, le *señor* Nicolas Ovando. Qui d'autres, messieurs ? »

– Les grands caciques indiens tous victimes d'atrocités, ajouta Ralph. Faites venir aussi Boukman l'instigateur de la cérémonie du Bois-Caïman. Il témoignera de la traite des Noirs. Le général Leclerc, le général Rochambeau, Capois-la-Mort le héros, et enfin l'empereur Napoléon Bonaparte. Tous ont leur mot à dire dans cette histoire.

– Ainsi soit-il, répondit l'amiral en se tournant vers Las Casas d'un air entendu. Gardes ! cria-t-il soudain, quand le prêtre sortit de la pièce.

Deux soldats, dans le cliquetis des épées pendant à leur ceinture, firent irruption dans le bureau.

« Oui, Majesté ? » dirent-ils après un salut révérencieux.

– Emmenez ces jeunes gens dans le camp indien. Ils y ont quelques amis à voir. Quand nous serons prêts pour l'audience, nous les ferons chercher !

Quand la bande des quatre se retrouva dans la cour, elle vit des fantassins et des arbalétriers s'exerçant aux manœuvres de guerre ! Un garde leur remis Kakou ligoté et bâillonné.

– Pauvre Kakou ! dit Leïla en lui enlevant son bâillon, tu as dû passer un très mauvais quart d'heure.

Sa muselière à peine ôtée, l'oiseau se mit à crier :

« Assassins, bandes d'assassins ! Je me plaindrai auprès des dieux ! Auprès du plus grand des butios. Au secours ! Au **secououours** ! Au sec**ooooooours** !

Il faisait un tel vacarme que Christine dut lui poser à nouveau son bâillon.

Les jeunes gens pouffèrent de rire.

« Kakou a vraiment de qui tenir, s'exclama Christine, Inca n'aurait pas fait mieux. »

– Allez, tais-toi Kakou, lui intima Ruddy. Si tu veux être encore vivant quand nous retrouverons ton père, il vaudrait mieux faire semblant d'être muet ! N'est-ce pas Ralph ?

Ce dernier avait repris des couleurs. Enfin, il allait revoir Anacaona. Cela faisait si longtemps qu'il attendait ce moment.

■ ■ ■ ■ ■ ■ ■ ■ ■ ■ ■

5

L'angélus sonnait à la petite chapelle du fort La Nativité quand Ralph et ses compagnons pénétrèrent enfin dans la nouvelle réserve où l'on avait consigné toute la tribu taïno.

L'amour donnait des ailes à Ralph. Il fut le premier à atteindre le camp. À peine fut-il à ses portes qu'il hurla le nom de sa princesse adorée.

Anacaona était en train de pêcher dans la rivière toute proche quand elle s'entendit appeler.

Cette voix lui était tout à fait familière. Elle l'aurait reconnue entre mille ; serait-elle vieille et courbée, que celle-ci ferait encore vibrer toutes les fi- bres de son être.

Elle traversa le village en quatrième vitesse, le cœur battant la chamade.

« Ralph ! » cria-t-elle en l'apercevant. Courant à sa rencontre, elle lui sauta au cou.

Ils s'étreignirent pendant de très longues minutes puis s'embrassèrent à perdre haleine. Le village tout entier se réunit autour d'eux pour les applaudir, Inca le premier.

– Inca ! Inca ! Quel grand bonheur de te revoir ! s'écrièrent les filles, en le chouchoutant.

Et Inca leur rendit bien leurs caresses et leurs marques d'affection.

Toute la tribu était heureuse de revoir ses amis haïtiens. Évidemment, leurs retrouvailles furent un prétexte à la fête. Autour d'un feu de camp, ils dansèrent et chantèrent toute la nuit.

Fort tard, alors que les autres dansaient encore, la bande des quatre, Anacaona, Cayacoha et le grand cacique Bohéchio se retirèrent pour discuter en paix dans la case de ce dernier.

« … Nous les avons vus sortir du ciel avec leurs caravelles, expliqua Cayacoha. Nous ne connaissions pas cette nouvelle magie. Nos pêcheurs affolés les avaient remarqués alors qu'ils pêchaient des dorades. Ils sont vite rentrés au village pour nous en avertir. Nous avons passé la journée sur la plage afin d'admirer leurs manœuvres. Définitivement, la magie du Blanc est incroyable. Chacun de ces engins sortis du ciel pouvait contenir au moins cinq cents hommes. Nous fûmes ahuris de voir la dextérité de leurs occupants à manier les grandes rames qui brassaient l'air de leurs larges pales. Quand ils ont jeté leur ancre, cela a fait un drôle d'effet, l'air était de l'eau et l'eau de l'air ! L'ancre se posa à la surface de la mer et ils descendirent à l'aide de barques flottantes qui atterrirent sur la plage tout en douceur. Nous subissions une telle fascination que nous oubliâmes la plus élémentaire prudence pour pouvoir examiner tout ça de plus près.

Quand nous reconnûmes Colomb, il était trop tard. Les conquistadores eurent tôt fait de nous emprisonner sans difficulté aucune. Nous ne comprenions même pas ce qui nous arrivait. Cela faisait si longtemps que nous coulions des jours tranquilles à Xaragua, la capitale de Quisqueya. Puis, nous avons été conduits dans cette espèce de réserve où nous sommes obligés de nous plier à nouveau aux durs travaux d'extraction de l'or au profit des royales majestés de l'Espagne, le roi Ferdinand et Isabelle reine de Castille. Nos dieux nous ont abandonnés, car toutes nos révoltes ont été matées de manière brutale.

Ralph se leva et arpenta nerveusement la case.

« Il faut que je trouve au plus vite le moyen de vous sortir de ce guêpier, jura-t-il entre ses dents. Je ne supporterai pas longtemps de voir ma fiancée et son peuple dans cet état.»

– Bien dit, jeune homme, bien dit, Ralph ! hurla Inca, perché sur l'épaule de Christine.

– Il faut sauver la petite fiancée, rétorqua Kakou. *Aya Bombé ! Aya Bombé !*

Le grand chef Bohéchio, qui n'avait dit mot jusque-là, rompit son silence.

« Il faut percer le mystère des hommes blancs. Sans quoi, toute tentative de nous libérer de nos nouvelles chaînes sera vouée à l'échec !»

– Il nous faut surtout percer les arcanes de la quatrième dimension, déclara Leïla que le sujet passionnait. Car c'est de cela qu'il s'agit.

– Percer le mystère de la quatrième dimension ! s'écria Ruddy heureux. Leïla a élucidé une partie de l'énigme.

– Pourrais-tu faire le reste du chemin ? demanda Christine à son savant cousin.

– C'est possible, c'est possible, dit Ruddy en se frottant le menton d'un air pensif.

Sa grande passion de vouloir toujours résoudre les problèmes insolubles n'avait fait que croître avec le temps. En faisant travailler ses méninges, il était quasiment certain de venir à bout de cette énigme.

– Moi, je crois qu'il vaudrait mieux attendre que la réunion des anciens dont a parlé l'amiral ait lieu. C'est à l'issue de celle-ci que nous pourrons décider de notre plan de bataille, proposa Leïla en se ravisant.

– Elle a raison, dit Ralph. Attendons le verdict des anciens, après nous aviserons.

6

Très tôt le lendemain matin, les jeunes aventuriers furent réveillés par Inca et Kakou qui les tiraient par le col de leurs vêtements à l'aide de leur bec.

Inca, toujours aussi gouailleur, s'étonna :

« Comment, vous avez des choses importantes à régler et vous êtes encore au lit quand le soleil est déjà très haut dans le ciel ? Les gardes de l'amiral sont venus vous chercher !»

Ralph sauta promptement sur ses pieds et s'écria :

« Il fait grand jour ? Mais, c'est vrai que nous aurions dû être déjà debout depuis longtemps. L'amiral doit être très impatient de nous voir arriver. Allez, debout les autres ! Notre rendez-vous est trop important pour que nous le rations.

Bientôt ils quittèrent le camp, accompagnés de Anacaona, de Inca, de Kakou, de Cayacoha et du grand chef Bohéchio. Leur départ fut salué par le son des tam-tams.

Les gardes les accompagnèrent jusqu'à la plage où agissait la grande magie des Blancs, comme disait le sorcier Cayacoha. Ils leur souhaitèrent bonne chance en tendant leurs lances par trois fois vers le ciel.

« Que les Zémès soient avec vous ! » s'exclamèrent-ils.

***

Un spectacle des plus fantastique s'offrit à leur vue quand ils atteignirent la plage. Une petite barque flottant dans l'air, aussi légère qu'une aile de papillon, les attendait afin de les conduire à bord de *La Pinta* qui, elle aussi, semblait défier les lois de la pesanteur. La bande des quatre était tout à fait fascinée, le phénomène dépassait de loin tout ce qu'elle aurait pu imaginer.

Ruddy ne put retenir un sifflement d'admiration.

« La loi de la gravitation universelle semble ne plus exister ! » prononça-t-il d'une voix cassée par l'admiration.

À l'aide d'une échelle de corde que le matelot leur avait jetée, le petit groupe grimpa dans la barque. Le matelot rama vers la caravelle suspendue fièrement dans le ciel, sans vraiment faire d'effort, malgré la huitaine de personnes à bord. Il trouva même la force d'entonner une chanson :

« *Tous les pirates des mers avec nos sabots de fer, nos couteaux, nos pistolets, nos canons pleins de boulets avec joie nous attaquons et nous gagnons ! Hip hip hip ! Hip hip hip ! Hourra, hourraaaaaa !*

Sur le pont de *La Pinta*, leur arrivée fut annoncée par la musique d'une bonne demi-douzaine de trompettes.

Le vice-roi d'Hispaniola, l'amiral Christophe Colomb, vint à leur rencontre.

« Comment allez-vous, chers amis ? Avez-vous bien dormi ? Le *señor* José Maria de la Luz ici présent va tout de suite employer sa puissante magie afin de faire comparaître pour cette audience tous les protagonistes de cette histoire. Veuillez prendre siè- ge. Nous allons commencer tout de suite.

Ils s'installèrent tous sur le pont où des sièges étaient disposés de manière circulaire. Au centre trônait une table devant laquelle se tenait le grand magicien José Maria de la Luz. Il portait un vrai costume de magicien d'un noir corbeau et était coiffé d'un grand chapeau à bout pointu comme celui des sorcières que l'on voit dans les films. Avec son grand nez crochu, plein de verrues, il n'inspira pas confiance aux jeunes de la bande des quatre.

Quand ils furent tous assis et que l'amiral Colomb les eut rejoints, le magicien commença sa séance de spiritisme.

« Abracadabra, abracadabra ! Esprits de l'au-delà, j'implore votre aide afin de faire revivre aujourd'hui pour les besoins de cette cause tous ceux qui pourront témoigner sur ce qui s'est passé sur cette Terre avant et après la mort, en 1506, de l'amiral Christophe Colomb, vice-roi d'Hispaniola… Abracadabra ! »

Un grand silence suivit la formule magique du magicien. Quelques secondes s'écoulèrent sans réaction aucune. Puis, au moment où la bande des quatre semblait vouloir se moquer du grand magicien, la caravelle se mit à trembler ainsi que tout son contenu. Des éclairs zébrèrent le ciel et tout à coup il fit nuit. *La Pinta* trembla encore quelques secondes puis ce fut le calme plat jusqu'à ce que la table au centre du navire commence à se déplacer seule dans un drôle de bruit de cliquetis d'épées.

« Qu'on fasse venir des torches !» cria le magicien. Il faut de la lumière.

– Apportez des torches ! hurla Colomb à ses gardes.

Quatre d'entre eux se précipitèrent dans la cale du navire et revinrent avec des torches qu'ils avaient pris le soin d'allumer.

José Maria de la Luz se saisit de deux d'entre elles à l'aide desquelles il traça de grands signes, les bras levés vers le ciel. Quand il eut terminé, on entendit comme un roulement de tambour. La table arrêta de bouger, puis un grand galop martela les oreilles de l'assistance. Le ciel s'ouvrit, un garde et sa monture en sortirent, suivis du roi Ferdinand et de la reine Isabelle la catholique. Le cavalier atterrit le premier sur le pont. Il déroula un parchemin qu'il avait en main et lut :

« Oyez, oyez, oyez ! Que l'assistance se lève pour accueillir Leurs Majestés le roi et la reine d'Espagne.

L'assistance s'exécuta tandis que les témoins royaux vêtus de leurs plus beaux habits sertis d'or et de diamants atterrissaient comme s'ils étaient mus par un moteur à propulsion dont le système de frei- nage fonctionnait à merveille.

L'amiral Colomb se précipita pour baiser la main que lui tendait la reine et fit une profonde révérence au roi. Il les installa tous les deux sur des trônes royaux qui les attendaient. Puis, il se tourna vers José Maria de la Luz, le grand magicien, et lui dit :

« Faites venir nos autres invités afin que commence l'audience. »

De la Luz s'exécuta, et tous les autres invités firent tour à tour leur apparition.

Parmi ceux-ci, se détacha un homme de haute stature qui portait une affreuse balafre sur la joue. Avec ostentation, il s'avança et fit une profonde révérence au couple royal en disant :

« Sires, votre fidèle serviteur, Nicolas Ovando, est heureux d'avoir été choisi pour participer à cette audience. J'espère, encore une fois, être à la hauteur de la confiance que vous m'avez toujours témoi- gnée.»

Puis, se tournant vers de la Luz, il marmonna, un sourire sarcastique sur les lèvres :

« Je remercie le grand magicien de la Luz qui, par sa remarquable science, m'a permis d'accéder au ter- ritoire sacré de Quisqueya. J'avais cherché en vain le moyen de le faire. Grâce à lui, l'Espagne pourra re- conquérir ses anciennes colonies et redorer ainsi son blason !»

Face à ces propos, pour le moins surprenants, un murmure de consternation et de surprise parcourut l'assistance et se transforma vite en brouhaha.

« Silence ! ordonna de la Luz, furieux. Monsieur Ovando, veuillez vous asseoir ! Nous nous passerons bien de vos intempestives élucubrations.

De mauvaise grâce, Ovando, pressuré par la foule et par Inca qui gueulait : « Mais, c'est un drôle de pis- tolet ce bonhomme ! un drôle de pistolet… », finit par prendre place parmi les nouveaux invités en je- tant à de la Luz et à Inca un regard mauvais.

Quand enfin le calme fut rétabli, Colomb ordonna au grand magicien de commencer la séance.

« Mesdames et messieurs, dit le magicien, nous voi- ci réunis sur le pont du célèbre navire *La Pinta*, qui participa au long voyage de l'amiral Colomb vers la découverte de nouvelles terres, pour débattre d'une question ayant une importance capitale pour l'humanité. Ledit amiral, ici présent aujourd'hui, a du mal à croire les horribles faits racontés qui ont eu lieu à cause de sa découverte de nouvelles terres. C'est la raison pour laquelle il a provoqué la réunion de ce jour. Chacun d'entre vous a joué un rôle dans cette histoire, et votre présence à cette séance est d'importance. Car elle va nous permettre de reconstituer des faits datant de plus de cinq cents ans. Grâce à ma puissante magie, je vais pénétrer vos âmes et vos pensées afin de reconstituer l'histoire, la vraie ! »

La bande des quatre pensait avoir déjà tout vu à Quisqueya, mais elle se trompait grandement. Le plus fantastique semblait encore à venir, car le grand magicien espagnol, sans l'ombre d'un doute, avait mille tours dans son sac.

En effet, les jeunes gens le virent tout d'un coup comme agité d'un grand tremblement. À l'aide de sa baguette magique, il traça des signes dans le ciel comme avec les torches il y a quelques minutes, récita une très, très, très longue formule magique et soudain une musique se fit entendre tandis qu'appa- raissaient des images plutôt floues qu'agitait le vent dans le sens des aiguilles d'une montre. Kakou prit peur, lança un grand cri et se précipita dans les ailes de son père. Celui-ci, pris au dépourvu, faillit tomber du gouvernail où il était perché. Il dandina sur une patte puis sur l'autre et finalement ne pouvant trouver l'équilibre, il se laissa choir sur la tête de la reine Isabelle, rabattant ainsi sa couronne sur son œil gauche. Celle-ci poussa de hauts cris et tenta de se débarrasser de ce drôle d'oiseau et de son gosse aussi poltron que lui.

Cayacoha et le grand cacique Bohéchio éclatèrent de rire. Eux, savaient combien ces aras étaient des trouble-fête. Ils en avaient souvent fait l'expérience.

Vexé de voir sa séance à ce point perturbée, José Maria de la Luz jeta un sort aux deux trouillards qui se permettaient d'interrompre une audience aussi importante. Pendant deux minutes, il les changea en statues de sel. Figés dans leur mouvement de pani- que, les perroquets ne purent empêcher de se produire

la chose la plus extraordinaire que les jeunes Haïtiens n'aient jamais vue : dans le ciel, juste au-dessus de leurs têtes, le film de la triste histoire de la découverte de l'Amérique se déroulait sous leurs yeux ahuris. Des personnages grandeur nature, des clique- tis d'épées, des explosions, des boulets de canon, des chevaux hennissants, des Indiens agonisants dans les mines d'or, des Noirs embarqués de force sur des négriers. La trahison de Ovando, celui-ci encore plus cruel que Bobadilla. Ovando en train d'assassiner la reine Anacaona. La capture de Caonabo. Le massacre par Colomb des Indiens menés par Manicatex dans la ville d'Isabelle. Les Espagnols piétinant les Indiens avec leurs chevaux et laissant leurs chiens les dévorer. La soumission du Higuey face à Jean Esquibel. La pendaison de Cotubanama. Barro Nuevo en train de remettre la demande de paix au cacique Henri de la part de l'empereur Charles Quint, un baume après les injustices de Valenzuela. La lutte de Bartolomé de Las Casas contre l'injustice faite aux Indiens. L'autorisation à nouveau par le roi Ferdinand d'Espagne de recommencer la traite des Noirs. L'Espagne enrichie par les nouvelles terres d'Amérique, l'injustice faite aux Africains que le roi d'Espagne ne considère pas comme ses sujets, la cupidité des Espagnols venant faire fortune à Hispaniola, la souffrance de l'esclave noir séparé de sa femme et de ses enfants : son travail est dur et humiliant, il peine beaucoup et n'a personne pour le défendre. Bartolomé de Las Casas regrettant jusqu'à sa mort d'avoir demandé au roi d'instituer à nouveau la traite des Noirs.

Le tableau s'assombrit encore plus, quand le film fit découvrir la terrible histoire des Noirs d'Afrique forcés de voyager sur des bateaux appelés négriers pour devenir des esclaves devant enrichir la colonie et les atrocités de toutes sortes qui furent commises pour assouvir la soif de pouvoir et de puissance d'un roi ou d'une reine d'Espagne, d'Angleterre ou de France au nom de la sainte Église catholique.

Toute la période de l'esclavage des Noirs se déroula sous leurs yeux ainsi que l'histoire des marrons, la cérémonie du Bois-Caïman, la grande bataille de Vertières et celle de la Crête-à-Pierrot. Les atrocités commises par le général Leclerc, le général Rocham-

beau, l'intransigeance de l'empereur Napoléon Bonaparte. La Grande Guerre de l'Indépendance d'Haïti.

« Arrêtez, *señor* de la Luz ! cria brusquement la
reine en pleurs. Je ne veux plus voir cet horrible film.
C'est affreux ! Tant d'atrocités commises en mon
nom et au nom de notre sainte mère l'Église, c'est in-
soutenable. Quel injuste sort que celui infligé aux Indiens et aux Africains !»

Ralph et Ruddy étaient aussi atterrés que la reine.
Christine et Leïla, émues jusqu'aux larmes, reni-
flaient dans leurs mouchoirs.

Le roi Ferdinand vint prendre la reine dans ses bras
tandis que le grand magicien, d'un coup de ba- guette
magique, interrompait le film.

L'amiral Colomb, la mine contrite, ne savait que
dire de ce funeste destin qu'avaient connu les habitants du Nouveau Monde à cause de sa prétendue découverte.

Le grand sorcier Cayacoha se leva lentement. Lui
aussi était attristé par tant d'atrocités. Un masque de
douleur lui couvrait la face. Il prit la parole :

« Mesdames et messieurs ici présents, ce que nous
venons de voir, grâce à la grande magie du *señor* de
la Luz, est éloquent. Et je crois qu'à la lumière de
tous ces faits accablants il serait vraiment regrettable
de répéter les mêmes erreurs sur les mêmes hommes,

les mêmes terres. La sagesse voudrait que le roi et la reine d'Espagne renoncent à conquérir à nouveau Hispaniola ou plutôt Quisqueya. Laissez mon peuple vivre en paix sur ses terres. Nous sommes des Taïnos de la tribu des Arawaks, des gens doux et paisibles. Nous ne voulons vraiment aucun mal à quiconque… D'ailleurs, c'est de l'utopie d'attribuer la découverte de ce continent à l'amiral Colomb. Nos ancêtres, venant d'Asie, avaient foulé ce sol des siècles avant les conquistadores, en passant par le détroit de Béring !

Les hommes de l'amiral tentèrent de faire taire le grand sorcier indien en l'agrippant par le col de ses habits de fête et en le jetant sur le sol.

« Ne le touchez pas ! cria Isabelle, reine de Castille. Espèces de monstres ! Vous êtes encore prêts à répéter vos forfaits, vos ignominies. Je ne veux pas que l'on fasse de mal aux habitants du Xaragua, amiral Colomb. Dites à vos hommes de se retirer de Quisqueya afin que l'histoire ne se répète plus jamais. J'ai honte que tout cela soit arrivé à cause de moi. Je comprends maintenant pourquoi mon âme refuse de quitter le monde terrestre. Je n'aurai jamais fini d'expier mes fautes. La seule façon pour moi de me racheter de toutes les erreurs commises est d'offrir leur liberté aux Indiens. Alors, je gagnerai cette paix tant souhaitée. Je partirai pour l'au-delà, l'âme enfin apaisée ! »

– Vous avez raison, Majesté, dit l'amiral, l'air penaud. Ce génocide qui a duré plusieurs siècles n'avait pas sa raison d'être. Surtout que cela n'a pas servi à grand-chose puisque l'Espagne est à nouveau la parente pauvre de l'Europe et que toute cette affaire n'a fait qu'accroître l'animosité des peuples colonisés contre le Dieu de nos églises !»

L'amiral, à ces mots, retira son sabre de son baudrier, s'agenouilla devant la reine, et le lui tendit.

« Prenez mon épée, Ô ! ma reine, pour que celle-ci ne serve plus jamais à asservir les peuples libres », dit l'amiral en toute humilité.

La reine allait se saisir de l'arme, la bande des quatre et les Indiens, heureux, jubilaient déjà quand soudain une voix forte, tonna :

« Arrêtez vos mascarades ! Êtes-vous devenus fous ? Jamais nous ne rendrons la liberté aux In- diens…»

L'assistance tout entière eut un haut-le-corps de surprise en découvrant le contestataire. C'était Nicolas Ovando.

– Taisez-vous, Ovando ! répliqua le roi Ferdinand en se tournant vers celui qui avait hurlé de la sorte. Vous avez fait assez de mal comme ça à ce peuple. Vous avez... aujourd'hui l'occasion de racheter vos fautes passées, saisissez-la !

Le dénommé Ovando eut un horrible rictus au coin des lèvres. L'affreuse balafre, d'au moins dix centimètres, qu'il portait sur sa joue droite, témoin gênant d'une existence plus que tumultueuse, accentuait son air exécrable.

« Fermez-la ! espèce de vieux grincheux ! ordonna-t-il au roi. Nous nous sommes battus pour conquérir ces terres, et que personne ne vienne me raconter que nous devons les abandonner au nom d'un éventuel rachat de nos âmes. Si, vous, vous ne voulez plus revoir l'Espagne belle et prospère, mes hommes et moi, nous, nous le voulons. J'en ai assez d'entendre les autres ricaner dans notre dos. L'Espagne doit reprendre sa place de super puissance crainte et vénérée. »

– Vous êtes fou, Ovando. D'ailleurs, une insubordination à votre roi peut vous coûter très cher, essaya de plaider la reine Isabelle.

Le balafré écumait. Furieux, il lança :

« Je n'ai pas d'ordre à recevoir de gens qui se comportent comme des lâches, comme des… minus. Tous les fantassins présents sur ce navire et sur l'île sont à mes ordres ainsi que les artilleurs, les arbalé- triers, les cavaliers. Ils m'obéiront. Mes hommes et moi, ça fait très longtemps depuis que nous atten- dions ce moment. Nous n'allons surtout pas rater la chance de notre vie. Le grand magicien de la Luz nous a permis de rentrer dans Quisqueya en interpel- lant les esprits et nous l'en remercions. Sans lui, nous serions encore en train de végéter dans les limbes. Nous voulons tout l'or de ce continent et il nous faut encore et toujours des esclaves pour faire cette dure besogne d'extraction qui n'est pas du tout digne d'un Blanc!»

Le roi Ferdinand s'offusqua.

« Comment osez-vous parler de la sorte à votre reine ?»

Inca, qui avait depuis longtemps recouvré ses mouvements et sa voix, hurla, parodiant le roi :

« Comment osez-vous parler de la sorte à votre reine ? Et il ajouta : « Je vous ferai châtier pour insubordination ! »

– Ferme ton bec, oiseau de malheur ! riposta Ovando. Moi, je te ferai plumer.

Il voulut s'emparer d'Inca, mais Kakou veillait. Il lui sauta dessus et de son bec il lui martela le crâne.

Le roi en profita pour ordonner à ses hommes d'arrêter Ovando, ce que ceux-ci firent tout de suite.

Le rebelle se débattit, mais il était seul contre dix. Les gardes eurent tôt fait de le maîtriser.

Ovando, le visage déformé par la colère, hurla de rage :

« Jamais, jamais nous n'abandonnerons Quisqueya, vous entendez ? Espèces de traîtres à la patrie ! Je vous ferai pendre avec vos chers "*zindiens*" ! »

Au grand étonnement de tous, il émit un long sifflement à l'aide de ses lèvres repliées sur elles-mêmes. Puis arriva la chose la plus incroyable à laquelle la bande des quatre n'ait jamais assisté. Des bateaux pirates, des corsaires sortirent du ciel, s'approchèrent de *La Pinta* à toute vitesse et des flibustiers criant tous : « À l'abordage ! », se précipitèrent à l'intérieur de la caravelle de l'amiral.

Pressentant une imminente catastrophe, le grand magicien de la Luz tenta, d'un coup de baguette magique, de faire disparaître tout ce beau monde qu'il avait lui-même interpellé. Mais, hélas, seulement quelques-uns des protagonistes, comme le général Leclerc, le fameux général Rochambeau, Boukman, Capois-la-Mort et l'empereur Napoléon Bonaparte, furent renvoyés dans les limbes. Ovando, dont la rage décuplait les forces, eut tôt fait d'arracher l'instrument magique des mains de son propriétaire en hurlant à ses hommes : « À l'attaque ! À l'attaque !»

Et là, un sanglant combat opposa les flibustiers, hommes de main de Ovando, aux gardes de Colomb et du couple royal. Une lutte sans merci à laquelle Inca et Kakou participèrent en jetant des petits tonneaux de vin sur le crâne des flibustiers. Les jeunes Haïtiens se battirent eux aussi avec les armes des vaincus qui jonchaient le sol. Mais, les flibustiers, habitués aux manœuvres de guerre, eurent tôt fait de prendre le dessus. Le roi, la reine, Colomb, les gardes de celui-ci, la bande des quatre et les deux oiseaux furent très vite ligotés et bâillonnés.

Après la bataille, Ovando, encore tout essoufflé et fulminant, leur jeta à la face, avec rage :

« Désormais, vous êtes mes prisonniers. Bande d'abrutis ! Sachez que rien ne m'empêchera d'assouvir mes ambitions. Je serai le vice-roi de la plus belle des colonies et je ferai à nouveau de l'Espagne le pays le plus riche de la terre. Quitte à marcher sur vos cadavres à tous !»

Sur ce, il cria :

« Hip hip hip ! Hip hip hip ! »

– Hourra, hourraaaaaaaaa ! répondirent les pirates, heureux de leur victoire.

L'un d'eux, en un tour de main, prit à la reine Isabelle tous ses bijoux.

À la tombée de la nuit, les bandits firent un festin où ils obligèrent des boucaniers, emmenés de force avec eux, à leur cuire de la viande de porc fumée, et ils burent du mauvais rhum jusqu'à ce que le sommeil eut raison d'eux.

■ ■ ■ ■ ■ ■ ■ ■ ■ ■ ■

7

Prisonniers sur *La Pinta*, nos quatre jeunes aventuriers ne savaient plus à quel saint se vouer pour trouver le moyen de sortir de ce pétrin.

Ralph, de son côté, attendait avec impatience le moment où son geôlier s'écroulerait ivre mort, afin d'essayer de lui voler son couteau et tenter de se défaire ainsi de ses liens. Pour lui, c'était la seule porte de sortie.

Mais son garde borgne et puant l'alcool était un gars solide, pas du tout sensible à la boisson. Car, malgré plusieurs litres de vin ingurgités, il n'avait pas l'air d'avoir sommeil.

Et dire que ce séjour à Quisqueya aurait dû être une source de joie et de bonheur devant aboutir au mariage de Ralph et d'Anacaona. Pourtant, la réalité était bien triste. Ces maudits conquistadores avaient réussi à débusquer les Taïnos de leur cachette paradisiaque et risquaient de transformer à nouveau l'île en un véritable enfer.

Enfermée dans la cale, la bande des quatre voyait, à mesure que le temps passait, s'amoindrir les chances de pouvoir s'en sortir, quand soudain Ralph eut une idée lumineuse. Inca somnolait à deux pas de lui. Il lui suffirait d'être capable de le réveiller et de lui faire comprendre son plan. Ce qui n'était pas facile vu qu'ils étaient tous ligotés et bâillonnés.

Du bout du pied, il essaya d'attirer l'attention de l'oiseau. Celui-ci, malgré son bâillon, émit une courte plainte, mais ne broncha pas. Ralph dut répéter son geste. L'oiseau ouvrit un œil vif, plein de sagacité. Son regard croisa celui de Ralph et il comprit tout de suite ce que le jeune homme attendait de lui.

D'une démarche saccadée de pingouin (puisqu'il avait les ailes prisonnières d'un large mouchoir), il lui grimpa dessus. Ralph sentit les griffes de ses pattes lui lacérer la peau, mais tint bon. Inca continua son ascension jusqu'à la tête du jeune homme et là, en équilibre sur le crâne de celui-ci, il tenta de défaire le nœud du bâillon qui pendait sur sa nuque.

La tâche ne fut pas aisée, mais au bout de dix minutes d'affreuses souffrances pour Ralph qui faillit être scalpé, Inca parvint au bout de ses peines.

Sa muselière tombée, Ralph put remercier Inca :

« Merci Inca, tu es un génie ! Mais j'ai une autre mission pour toi maintenant. Va jusqu'à mes mains et essaie de me débarrasser de cet affreux cordage qui me paralyse les mouvements.»

Inca s'exécuta.

L'opération fut longue et éprouvante pour Ralph qui fut maintes fois au bord du découragement. Heureusement, au bout d'une heure de travail laborieux, le jeune homme put enfin masser ses poignets endoloris.

« Je suis fier de toi, Inca ! dit Ralph en lui piquant un baiser sur le crâne après avoir libéré ses ailes. Je ne sais vraiment pas comment je pourrais me passer de toi ! »

D'un bond souple, Ralph se leva et alla libérer les autres. Le pauvre Kakou ! Encore un peu il serait tombé en syncope, tant la sangle qu'on lui avait passée autour du corps l'étouffait.

Ralph délivra la petite princesse de son cœur et la serra très fort dans ses bras. Ruddy, Christine et Leïla s'occupèrent de l'amiral Colomb, du couple royal, de Las Casas et du magicien de la Luz, qui ne tarissaient pas d'éloges à l'égard d'Inca le magnifique et de Ralph.

Ils étaient prêts à fuir quand ils entendirent des pas lourds dans l'escalier de la cale. Leur bourreau revenait. Vite, il fallait s'en débarrasser. Ils se planquèrent tous dans un coin sombre de la cale tandis que Ralph se saisissait d'un petit tonneau de vin.

L'escalier gémissait sous le poids du lourdaud tout vacillant à cause des litres entiers d'alcool ingurgités.

Ralph attendit patiemment qu'il terminât sa descente pour lui fracasser le crâne à l'aide du tonneau.

Le géant de six pieds s'effondra comme une masse. Ruddy le ligota et le bâillonna tandis que Ralph lui volait son épée.

Avec mille précautions, le groupe gagna le pont où tous les pirates dormaient à poings fermés. Ils grimpèrent dans la petite barque flottante et quittèrent les lieux sans bruit aucun.

■ ■ ■ ■ ■ ■ ■ ■ ■ ■ ■

8

Aussitôt débarqués sur la plage, les mutins, à la faveur de la nuit noire sans l'ombre d'une lune, gagnèrent le maquis.

Ils se réfugièrent au fin fond de la forêt, là où ils étaient sûrs de ne pas se faire repérer par les hommes d'Ovando.

Quand ils se sentirent à l'abri de tout danger, ils s'arrêtèrent afin de se désaltérer et de casser la croûte ! Encore un peu, ils seraient morts d'inanition. Les pirates s'étaient empiffrés à leur barbe sans jamais rien leur offrir.

Ils mangèrent des fruits et des noix de coco et burent une eau douce et claire qui coulait d'une source proche. Quand ils se sentirent d'aplomb, ils firent un feu autour duquel ils s'assirent pour discuter de la manière dont ils devraient s'y prendre pour libérer la tribu taïno encore prisonnière de Nicolas Ovando et se débarrasser de ce dernier une fois pour toutes !

Ralph, s'adressant à Ruddy, prit le premier la parole.

« Ruddy, est-ce que tu as une idée de la manière dont on devrait procéder pour parvenir à mettre K.O. Ovando et sa bande ? »

– Vieux frère, depuis l'instant où ce monstre a montré son vrai visage et ses intentions, je la cherche, cette solution. Mais, je t'avoue que cela ne sera pas facile. Tu as sûrement remarqué que nos coups ne les atteignaient pas. Ils sont comme des fantômes…

– Mais ce sont des fantômes, l'interrompit le grand magicien José Maria de la Luz, le regard agrandi par l'effroi. Vous avez trouvé la clef de l'énigme. Le problème, c'est qu'ils sont dans la quatrième dimen- sion. Grâce à une puissante magie ils peuvent nous atteindre mais le contraire n'est pas aussi vrai. Ce phénomène défie toutes les lois universelles. Celle de la gravitation, celle la relativité, celle de la causalité – effets causes effets –, il défie même un théorème mathématique certifiant que si une proposition est vraie son contraire l'est tout autant.

– Qui peut me rappeler ce qu'était la théorie de la relativité ? demanda soudain Christine, songeuse. Je crois que la réponse à cette question nous sera précieuse à l'avenir.

– La théorie de la relativité a été établie par Einstein, répondit Ralph, elle replace la description des événe- ments physiques dans un système relatif à l'obser- vateur et où la vitesse de la lumière est la dimension limite.

Christine hocha lentement la tête comme plongée dans une profonde réflexion.

Puis, tout à coup :

« Voilà ! C'est ça. Cette théorie contient vraiment la solution à nos problèmes, dit-elle, en se tournant vers Ruddy comme cherchant l'approbation de ce dernier.»

– Brillant, chère cousine, très brillant même, répondit celui-ci avec une lueur moqueuse dans le regard. Et il répéta, songeur : « où la vitesse de la lumière est la dimension limite, où la vitesse de la lumière est la dimension limite... Ce ne sera pas facile d'appliquer la solution...

– Moi, j'ai trouvé ! s'écria Leïla tout excitée. Leur projection lumineuse est supérieure à la nôtre en vitesse. C'est la raison pour laquelle nous ne pouvons pas les atteindre. Cela veut dire que leur science est sophistiquée, très sophistiquée.

– Mais, ce n'est pas une solution, ça ! s'écria Inca, d'un ton connaisseur.

Le petit groupe éclata de rire.

« Merci Inca de vouloir nous aider, dit Ralph, mais dans ce cas je ne crois pas que tu puisses nous être d'un grand secours. Laisse Leïla terminer son exposé. '

– ... Alors, je disais... reprit Leïla.

– Vous n'auriez pas dû me clouer le bec devant mon gosse ! protesta Inca en se tournant vers Kakou.

Ce qui fit à nouveau s'esclaffer le groupe.

– Toutes mes excuses, Inca, répondit Ralph. Nous t'accorderons le droit de cité tout à l'heure. En attendant, l'instant est grave et l'avenir de Quisqueya en dépend.

– ... Alors, je disais, répéta Leïla qui avait peur de perdre le fil de ses idées, qu'il faudrait soit augmenter notre vitesse lumineuse soit diminuer la leur.

La consternation laissa coi le petit groupe pendant quelques secondes.

« Il fallait y penser, dit Christine qui retrouva la première la parole.

– Écouter les filles, c'est vite dit ! rétorqua Ruddy. Mais comment allons-nous pouvoir concrétiser cette solution ?

– Moi, je sais comment faire ! dit lentement le grand magicien espagnol. Ce n'est pas pour rien que je me nomme de la Luz. Je suis une lumière. J'ai réponse à tout. J'aurai juste besoin de l'aide du grand sorcier Cayacoha. Sa science me sera précieuse. Car pour ce faire, il faut consulter les grands esprits. Et là, vaut mieux être deux, sans quoi cela nous prendra un temps fou, peut-être plusieurs siècles et entre-temps les conquistadores auront la latitude qu'il faut pour mettre à sac le continent et perpétrer à nouveau un génocide dont personne ne sortira vivant.

La princesse Anacaona se tourna vers Cayacoha et lui demanda :

« Acceptes-tu d'aider le grand magicien blanc, Ô ! grand sorcier de la tribu taïno ? »

– Je ne peux refuser une telle offre, répondit Cayacoha. Nous mêlerons nos sciences pour sauver le continent. Nous, aurons besoin de plusieurs jours de méditation.

– Bien dit, Cayacoha ! lança Ralph au sorcier. Nous allons vous laisser dans la forêt tous les deux. Quand vous serez prêts, vous demanderez à Kakou de venir nous avertir. Nous laisserons celui-ci avec vous. De notre côté, nous allons regagner Xaragua.

■ ■ ■ ■ ■ ■ ■ ■ ■ ■ ■

9

Sept jours plus tard, Kakou vint les prévenir que les deux grands mages avaient mis au point un astucieux projet qui leur permettrait de vaincre l'ennemi.

Ils refirent tous le voyage vers le centre de la forêt, tant ils avaient hâte de savoir ce qu'avaient pu concocter les deux maîtres des arcanes de la magie.

Quelle ne fut pas leur surprise, quand ils arrivèrent dans la clairière qui servait de refuge aux deux compères, de découvrir celle-ci vide de tout appareil sophistiqué ! Ils s'étaient imaginés à tort que les deux magiciens avaient mis au point un système subtil qui leur permettrait d'atteindre la quatrième dimension. Hélas ! Ils trouvèrent les deux maîtres de l'ésotérisme assis sur la racine d'un grand arbre, les attendant avec une patience d'ange. Aucune excitation ne perçait dans leur attitude.

« Ah, vous voilà !», dit simplement Cayacoha tandis que le *señor* de la Luz se coiffait de son drôle de chapeau pointu de magicien en venant à leur rencontre.

– Nous avons abattu une tâche de titans ! dit ce dernier, le ton légèrement désinvolte.

Les jeunes aventuriers échangèrent un regard interrogatif, comme s'ils avaient du mal à croire à cette plaisanterie de mauvais goût.

« Vous n'avez donc rien fait ? » questionna Ralph, totalement déçu.

– Mais non, mais non, au contraire, répondit Cayacoha, nous nous sommes tués à la tâche.

– Vous n'avez pas l'air d'avoir bossé une semaine durant, dit Leïla, aussi déçue que Ralph.

– Vous vous trompez lourdement, reprit le maître de l'occultisme, nous avons besogné presque vingt-quatre heures sur vingt-quatre. Consultant tous les grands livres de magie, de sortilège, d'alchimie, de divination et même de sorcellerie. Nous avons établi une communication avec tous les esprits, nous avons consulté tous les dieux des cieux et tous les mages de la Terre et nous avons trouvé le moyen de rentrer dans la quatrième dimension.

Le groupe, d'une seule voix, s'exclama :

« OoooooooH ! vous avez trouvé le moyen ? »

– Bien sûr que nous l'avons trouvé ! Et c'était bien plus facile qu'on ne le croyait.

– Facile ? interrogea Anacaona.

– Oui, facile ! confirma de la Luz. Puis, après une légère hésitation il ajouta : du moins pour nous, les initiés.

– Et c'est quoi votre trouvaille ? demanda Christine qui trépignait d'impatience.

– Elle est simple comme bonjour ! dit le grand sorcier arawak. Ces messieurs sont tout simplement une illusion optique.

– Quoi ? s'écrièrent les autres à l'unisson.

– Ce n'est pas une plaisanterie, je vous assure. Ces messieurs n'existent qu'à nos yeux. Ils sont comme des images que l'on aurait projetées pour nous faire accroire à des choses qui n'existent pas vraiment.

– C'est tout de même incroyable ce que vous nous racontez là. J'ai peine à y croire. Des images qui tuent, emprisonnent, torturent, séquestrent, réduisent en esclavage ? s'indigna Ruddy. Et vous, *señor* de la Luz, êtes-vous aussi une simple image ? Et le roi, la reine d'Espagne, leurs gardes, sont-ce de vulgaires images ?

– En quelque sorte, oui ! Mais nous, nous sommes des images imprimées en positif et, eux, des images imprimées en négatif…

– J'avoue ne pas comprendre grand-chose à votre charabia, dit Ralph. Pendant que j'y pense, c'est bien vous, de la Luz, qui avez permis à Colomb de pénétrer dans l'univers de Quisqueya, ai-je raison, a-miral ? questionna Ralph en se tournant vers le vice-roi d'Hispaniola.

– Oui, c'est bien vrai. C'est grâce à lui que nous avons pu retrouver Hispaniola pardon Quisqueya, répondit l'amiral.

– Alors, de la Luz, expliquez-nous comment vous avez réussi ce coup-là, reprit Ruddy. Au début de notre entretien avec l'amiral sur le bateau « fantôme », il était fier de votre science. Fier de voir que vous étiez capable de la plus grande des magies. Et il nous avait parlé de mondes binaires. Il nous avait dit que Quisqueya n'était pas la seule à faire partie de cette existence parallèle. Il avait même parlé de monde à l'envers. C'est la raison pour laquelle *La Pinta* flottait dans les airs au lieu de le faire sur l'eau. Ce qui est, je l'avoue, extrêmement impressionnant.

– C'était facile. Il suffisait d'y penser, répondit de la Luz, le regard pétillant de malice. Nous sommes passés par l'île jumelle. Par chez vous, quoi ! par Haïti. Nous avons préparé notre voyage en secret dans vos eaux, très loin derrière La Gonave, à l'abri des regards indiscrets. Puis, grâce à ma grande magie et à une formule magique vieille de milliers d'années, héritée de mes ancêtres, nous avons fait immersion, voyagé sous votre mer jusqu'à ce que nous ayons atteint les cieux de Quisqueya. Et là, grâce encore à la magie de mes ancêtres, j'ai transformé l'air en eau. Ce que vous croyez être de l'air est tout simplement pour nous de l'eau.

– De l'eau ? interrogea la bande des quatre, ahurie.

– Oui, l'air est eau pour nous ! Pour vous, nous flottons dans l'air tandis que pour nous, nous sommes dans l'eau. Encore un phénomène d'illusion optique. Mais la différence avec les pirates emmenés par Nicolas Ovando c'est que nous, nous croyions bien faire. Nous étions persuadés que c'était la reconquête d'Hispaniola qui nous libèrerait de nos errances. Nous étions sûrs que c'est ce qu'il nous fallait accomplir jusqu'au bout afin de libérer nos âmes restées prisonnières du monde terrestre. Mais, notre vraie mission était de stopper le génocide que voulait perpétrer à nouveau Ovando. Car, les esprits nous l'ont dit ; cela fait très longtemps qu'il préparait son voyage vers Quisqueya, c'est lui qui a armé tous ces pirates, ces flibustiers, afin de servir sa cause. Cela fait des années qu'il recrute ces bandits des mers. Nous, notre mission devait s'achever à la lumière des films de l'histoire projetés. L'amiral, le roi, la reine auraient trouvé la paix de leur âme en étant d'accord que ce génocide n'aurait pas dû avoir lieu, que c'était une erreur grave commise dans le passé et dont le rachat se ferait par la libération de Quisqueya. Mais Ovando et ses assoiffés de sang ne l'entendaient pas de cette oreille et ils ont organisé cette insurrection. Et là, ils sont prêts à éliminer tous ceux qui les empêcheraient d'atteindre leurs objectifs. La reconquête des terres perdues pour redorer ainsi le blason de cette Espagne aujourd'hui appauvrie. C'est là qu'ils se sont montrés plus forts que nous. C'est là qu'ils nous ont doublés, et ceci, grâce à un homme, un seul homme, le plus grand magicien de tous les temps : Achille Plindeforce. Il a bien travaillé, ce mauvais génie. Il leur a concocté quelque chose d'extraordinaire, qui leur a donné deux gros avantages sur nous. Il a ralenti la luminosité de leur image et de plus, il leur a fait une impression en négatif.

– Waaaaouou ! s'exclamèrent la bande des quatre, Inca et Kakou. C'est prodigieux, fantastique.

– Eh oui, fantastique ! reprit de la Luz. C'est la raison pour laquelle nous n'aurions jamais pu les vaincre. Nos images ne se déplacent pas à la même vitesse.

– Mais qu'avez-vous pu trouver pour vaincre ce phénomène ? s'informa Leïla passionnée par toute cette histoire.

– Ah ! ma chère enfant, deux sciences valent mieux qu'une. Cayacoha et moi avons mêlé nos savoirs, nos pouvoirs et nos formules magiques et nous avons imaginé un procédé qui nous permettra de vaincre le sieur Achille Plindeforce. Il se croit futé celui-là, mais hélas, il a cette fois-ci affaire à plus forts que lui.

– Mais dites vite, *señor* de la Luz, je brûle d'impatience ! dit Ruddy, qui visiblement était dans son assiette.

– Eh, bien ! maintenant je cède la parole au grand sorcier Cayacoha. Il va vous expliquer comment nous allons utiliser notre nouvelle arme. À vous, grand sorcier ! dit-il en se tournant vers Cayacoha.

– Suivez-moi tous ! dit celui-ci. Et à la consternation générale, le grand sorcier prononça une formule magique qui eut le pouvoir d'ouvrir le tronc du grand arbre tout proche.

– Chuuuuuuuuuttt ! fit-il en mettant son index sur ses lèvres au cri de surprise qu'avait émis le groupe. Rentrez tous là-dedans, car Achille Plindeforce ne doit pas connaître la cachette de notre arme super secrète. Cela ferait échouer nos plans.

■ ■ ■ ■ ■ ■ ■ ■ ■ ■ ■

10

Par un étroit escalier de gros bois en forme de spirale, le petit groupe pénétra dans le nouvel antre des deux grands mages.

À la stupéfaction de tous, ils découvrirent le fruit de la semaine de travail des sorciers. Le repère abritait un appareil photographique qui avait l'air vétuste ; il devait dater des années 1900…

« 1887 ! » s'exclama de la Luz comme s'il lisait dans leur pensée.

… de grandes cuves pleines de solutions chimiques.

– Des développeurs et des révélateurs ! dit à son tour Cayacoha.

… et tout à côté, un autre appareil que personne ne semblait pouvoir identifier.

– Ceci est un appareil d'animation. Je l'ai baptisé « Sacrosanctus » car c'est un sacro-saint appareil ! s'exclama fièrement de la Luz devant l'air perplexe des visiteurs.

– Un appareil d'animation ? s'étonna Anacaona qui fut tout de suite relayée par Inca et Kakou perchés l'un et l'autre sur les épaules de la princesse.

– Il vaudrait mieux vous expliquer le fonction- nement de ce drôle d'attirail, proposa Cayacoha en é-changeant un regard entendu avec de la Luz.

– Ce ne serait pas de refus, répondit Colomb lui-même impressionné par ces drôles d'engins.

– Tenez ! asseyez-vous tous par terre. Je vais vous faire un cours détaillé sur le mode d'emploi de l'appareil d'images en négatif, le développeur au ralenti, le révélateur et l'appareil d'animation fonctionnant à base de formules magiques ancestrales et de rayons laser cosmiques.

Quand tous furent installés, Cayacoha commença son exposé :

« Voilà ! l'appareil photo ici présent, ayant appartenu au plus habile magicien de tous les temps, Oscar Savant de Limage, va nous servir à prendre chacun de vous en photo puis, dans ces bains que vous voyez à votre droite, votre image sera développée en positif, trempée dans le développeur en négatif puis dans le ralentisseur. En dernier lieu, elle sera exposée au rayon laser de l'appareil d'animation qui, grâce au laser cosmique provenant de radiations intersidérales, prêté par les dieux et fonctionnant à base de formules magiques connues seulement de de la Luz et de moi-même, animera votre image et la rendra vivante. Ce procédé possède des avantages incroyables. Il vous assurera même l'immortalité. Car si vous êtes blessé ou tué au combat, seule votre image mourra. Vos vrais corps étant restés à l'abri dans ce repère sous-terrain.

– Et nos pensées, nos esprits, que deviennent-ils dans tout ça ? s'étonna Ruddy.

– Ah ! le jeune homme intelligent ! s'exclama de la Luz en riant. Vous avez raison, entièrement raison.

Sur ces mots, il disparut derrière l'appareil d'animation et revint les bras chargés de drôles de petites fioles.

Il prit la parole, relayant Cayacoha.

– Vos esprits, vos pensées seront, à l'aide d'une puissante formule magique, stockés dans ces fioles et seront perfusés à vos images animées à travers le rayon laser. Chaque fiole sera installée au moment voulu pour le personnage voulu.

Le petit groupe, baba, émit des sifflements admiratifs.

« J'ai hâte d'essayer ce merveilleux procédé, déclara Ralph en prenant sa fiancée dans ses bras, j'ai hâte de sauver ma princesse et son peuple de cette bande de vautours, ces flibustiers sans égards ; elle m'avait bien aidé dans le passé à sauver le peuple d'Haïti. Quand pourrons-nous passer à l'attaque ? demanda-t-il à Cayacoha.

– De la Luz et moi, allons dès ce soir consulter les oracles. Ils nous diront le moment le plus propice pour fourbir nos armes.

***

Les oracles donnèrent le feu vert à l'opération pour le lendemain matin dès l'aube.

Les appareils des deux sorciers fonctionnèrent à merveille. En deux temps trois mouvements, tout le groupe fut transformé en images animées.

Armés de fusils, d'arbalètes, de noix de coco et d'épées, les aventuriers marchèrent sur *La Pinta* où Ovando avait établi ses quartiers généraux. Ils étaient accompagnés des deux sorciers et aussi de Oscar Savant de Limage ressuscité par de la Luz, qui avait tenu à faire partie de l'expédition. Il avait eu quelques déboires dans le passé avec Achille Plindeforce. Celui-ci lui avait volé la formule de l'appareil d'animation, le *Sacrosanctus*, dont il s'était fait passer pour l'inventeur ; et il tenait à lui régler son compte une fois pour toutes, lors de cette bataille.

Ce n'est qu'au moment où ils arrivèrent sur la plage que tous se rendirent compte qu'ils n'avaient prévu aucun moyen de transport vers la caravelle et les corsaires ancrés en plein ciel. Ils allaient faire demi-tour quand Oscar Savant de Limage les arrêta. Il tira sa baguette magique de la poche de sa grande chasuble, enleva son chapeau pointu de magicien et demanda aux jeunes gens de choisir le moyen de transport qui conviendrait le mieux.

« Un *skateboard !* répondirent tout de suite Ralph et Ruddy. C'est rapide et c'est plus facile pour la *glisse*.»

D'un coup de baguette magique, des *skateboards* sortirent du grand chapeau.

– Hou là là ! on va s'amuser ! s'écria, Kakou.

– Wouhououououou ! hurla Inca, se sera de la *glisse* fantastique !

À peine eut-il prononcé ces mots que Inca porta brusquement son aile à son bec. La surprise le cloua sur place. Ce n'était pas sa voix qui sortait de lui-même, mais bien celle de Christine. « Le grand magicien de la Luz s'est trompé de fiole ! » s'exclama-t-il, tandis que ses yeux s'agrandissaient de stupeur.

Christine, surprise d'entendre sa propre voix sortant du bec d'Inca, s'écria :

« Quel malheur ! Quelle misère ! De la Luz a fait une grave erreur ! Une très grave erreur ! »

Tout le groupe s'esclaffa en l'entendant dire tout ça avec la voix gouailleuse d'Inca.

« Ce n'est pas bien grave ! Je vous arrangerai tout ça plus tard ! dit de la Luz, riant aussi. En attendant, je dois vous procurer de quoi vous déplacer dans les airs ! Maintenant, nous n'avons plus une minute à perdre ! »

En un rien de temps, il y eut des *skateboards* pour tout le monde. Heureusement que le roi Ferdinand et la reine Isabelle la catholique avaient fait le choix de rester au repère. Ils n'auraient pas pu emprunter ces engins qui glissaient sur l'air à une vitesse vertigineuse n'ayant que le vent comme système de propulsion.

Au loin, les pirates de *La Pinta* et des corsaires étaient en train de hisser leurs voiles. « Ooooh hisse ! Ooooh hisse ! » scandaient-ils d'une voix forte.

Le grand roi Bohéchio donna le signal de l'attaque et, d'un seul geste, tous les *skateboards* s'élancèrent dans le ciel.

Ovando et ses hommes, pris par surprise, virent une nuée d'attaquants déferler sur eux à la vitesse de l'éclair. Se croyant à l'abri à cause de la vitesse de leur image qu'ils savaient différente, ils perdirent un temps qui aurait pu leur être précieux.

Ce n'est qu'au moment où les premières flèches enflammées atteignirent la caravelle et mirent le feu à ses voiles, que les attaquants les virent se précipiter sur leur artillerie. Ovando, affolé, partit à la recherche de Achille Plindeforce.

Celui-ci, debout sur le pont, n'en crut d'abord pas ses yeux, puis, tout à coup, il aperçut Oscar Savant de Limage qui filait droit vers lui sur son drôle d'engin.

« Mais grands dieux de grands dieux ! s'exclama-t-il, ahuri et furieux. C'est ce gredin, ce sacripant d'Oscar Savant de Limage. J'aurai ta peau, espèce de babouin sans poils. Je m'en vais te régler ton compte. »

À ces mots, il fit un geste de sa baguette magique, et son balai à propulsion atomique fit son apparition. Il l'enfourcha et se lança à la rencontre d'Oscar Savant de Limage, son ennemi juré depuis la nuit des temps.

Inca, juché sur la tête de Ralph, le vit passer devant lui à toute vitesse. Sans hésiter, il lui lança la noix de coco qu'il destinait au crâne d'Ovando.

Le projectile atteignit sa cible en pleine face, la déséquilibrant. Plindeforce perdit sa superbe et tourna deux fois autour de son balai qui faillit le laisser choir dans les airs. Il se rattrapa à la dernière seconde et maintint le cap vers Oscar Savant de Limage.

Ce fut au tour de Kakou d'imiter son père. Cette fois, la noix de coco atteignit Plindeforce en pleine colonne vertébrale.

« Aïe, aïe, aïeïeïeïeeeeee ! »

Le magicien de malheur poussa un cri de douleur, mais s'agrippa à son balai volant.

Et tandis que la bataille se poursuivait entre les hommes d'Ovando et ceux des deux grands sorciers, Plindeforce et Savant de Limage s'affrontèrent très haut dans le ciel dans une lutte sans merci qui vit la victoire d'Oscar Savant de Limage. Car, au grand étonnement du magicien Plindeforce, son rival changea sa vitesse lumineuse grâce à une poudre magique emportée à cet effet, ce qui le mit tout de suite à l'abri des mauvais sorts que lui jetait son ennemi.

Après quelques minutes d'un combat inégal, Ralph et ses compagnons virent le balai de Plindeforce prendre feu et redescendre en tournant sur lui-même, emportant dans sa course son funeste cavalier qui, blessé à mort, hurlait:

« Non, non, non nooo**oooon**! Je ne supporte pas l'eau, je me dissous dans l'eau. J'y suis allergique. Je vais mourir aaaaaaaaaaaaaaaaaaaaaaaaaaaaaaah !

Cette fois, il ne put échapper à son destin. Quand il s'enfonça dans la mer, il fondit tel un comprimé effervescent !

À la surprise générale, Ovando réagit en ordonnant à ses hommes :

« Faites venir le prisonnier immédiatement ! »

Quand ceux-ci revinrent, bousculant un drôle de bonhomme devant eux, Ruddy en plein vol s'exclama :

« L'empereur Charles Quint ! Ce chenapan d'O-vando l'avait pris en otage à notre insu !»

– C'est fou, mais bon Dieu de bon sang ! nous l'avions totalement oublié celui-là ! renchérit Ralph.

Les deux jeunes gens se concertèrent du regard puis, d'un commun accord, côte à côte, ils exécu-tèrent un piqué extraordinaire et foncèrent tout droit sur Ovando. Ce dernier tenait l'empereur tout contre lui, un coutelas sous la gorge de celui-ci.

« Grands sorciers de malheur, si vous ne mettez pas fin tout de suite à cette attaque, je ne réponds pas de la vie de Charles Quint ! tonna-t-il, grimaçant, en s'adressant à de la Luz et à Cayacoha.

Ralph et Ruddy ne tinrent pas compte de sa me-nace et continuèrent à lui foncer dessus. La vitesse avec laquelle ils filaient leur permit d'être à la hau-teur d'Ovando en une fraction de seconde.

Ils le frôlèrent et lui piquèrent son casque exprès, lui rabattant ainsi le caquet.

« Bandes de fripouilles, oiseaux de mauvais au-gure, j'aurai votre peau !», hurla le rebelle au bord de la crise de nerfs.

Ce disant, il lâcha l'empereur et se saisit d'une lance qu'il prit à l'un de ses hommes. Il tenta vaine-ment de harponner Ralph et Ruddy qui zigzaguaient sous son nez, telles des guêpes en colère. Il fit plusieurs coups dans le vide et en dernier lieu, ratant totalement sa cible, il alla percuter la balustrade du pont supérieur et bascula dans le vide. Il pirouetta et atterrit sur le pont inférieur, son derrière le premier, en plein dans un baril de vin en flammes ; celui-ci lui mit le feu aux fesses. Ovando poussa des hurlements de douleur en courant à travers toute la caravelle.

Ralph et Ruddy profitèrent de sa débâcle pour exécuter un ultime piqué à la suite duquel ils attrapèrent l'empereur Charles Quint, chacun par un bras, l'élevèrent bien haut dans le ciel au-dessus de la mêlée ; hors de la portée des flèches que leur lançaient les pirates. Puis, en quatrième vitesse, ils partirent le déposer sur la plage. Le pauvre empereur en pleine course avait fermé les yeux, car un grand vertige vint soudain s'emparer de lui. À ses âges, c'était un peu trop lui demander que d'apprécier ce numéro de haute voltige et de *looping* incroyable.

Leur mission accomplie, Ralph et Ruddy repartirent vers *La Pinta* et les autres corsaires suspendus dans le ciel.

Ce voyant humilié, battu par une bande de gamins, Ovando paniqua. Il hurla de toutes ses forces :

« Canonniers, feu à volonté à tribord et à bâbord ! »

Mais, hélas ! de canonniers il n'y en avait plus ! Ils avaient tous été tués par les flèches de l'ennemi.

« À l'abordage ! » cria-t-il aux pirates encore vivants. Mais ceux-ci ne surent que faire avec tous ces *skateboards* qui leur passaient presque sous le nez leur jetant toutes sortes de projectiles. Ils coururent se mettre à l'abri dans la cale de la caravelle, abandonnant leur chef, seul sur le pont.

Ce n'est qu'à ce moment que Cayacoha et de la Luz donnèrent le signal du rassemblement.

Tous les *skateboards* encerclèrent *La Pinta* et restèrent un instant figés autour d'elle. Oscar Savant de Limage vint se mettre au milieu d'eux, entre le grand sorcier indien et le magicien blanc. Ils se concentrèrent tous les trois pendant quelques secondes puis, d'un coup, agitant leurs baguettes magiques, ils firent disparaître à jamais *La Pinta* ainsi que les trois autres corsaires.

Un grand cri de victoire s'éleva du cercle. Tout le monde était heureux. Puis, répondant à un autre signal des grands mages, tous ensemble ils remirent leurs engins en marche et dans une merveille de tours de passe-passe ils atterrirent en douceur sur la plage.

Il était temps maintenant d'aller libérer les Taïnos du camp où ils étaient retenus prisonniers.

Pour fêter cette belle victoire, le grand cacique Bohéchio ordonna que l'on fît la fête une semaine durant.

Le soir même de cet heureux jour, Ralph se dit: « Je vais profiter de la bonne humeur du grand chef indien pour lui demander la main de sa fille. »

Alors que celui-ci était assis au milieu du village, assistant à une féerie de danses magnifiques, le jeune homme, le cœur battant la chamade, prit sa fiancée par la main et se présenta devant le trône de Bohéchio.

« Ô ! Grand roi, dit-il dans une profonde génuflexion, j'ai l'insigne honneur de vous demander de m'accorder la main de votre fille que j'aime plus que tout au monde. Mon pays est maintenant digne de la recevoir et est prêt à faire d'elle la plus grande des reines. Il sera pour elle le plus beau des royaumes…»

Anacaona, toute tremblante d'émotion, ne quittait pas des yeux les lèvres de son père.

Un lourd silence plana sur l'assistance tandis que la réponse du chef se faisait attendre.

« Je serai fier d'avoir un gendre tel que toi, Ralph, finit-il par dire dans un grand rire. Anacaona et toi avez ma bénédiction pour ce mariage. Je vous souhaite tout le bonheur du monde ! »

Alors, Ralph laissa éclater sa joie. Il prit Anacaona dans ses bras et l'embrassa, sous l'œil complice du père de celle-ci et les vivats de la foule massée autour d'eux.

Inca et Kakou, merveilleusement heureux, volaient dans tous les sens en criant à tue-tête :

« Le grand chef a donné sa bénédiction ! Le grand chef a donné sa bénédiction ! Vive les épousailles ! Vive les mariéééésssssss ! Vive les mariéééésssssss !

Ils firent tant et si bien, qu'en fin de compte ils finirent par rentrer en collision tous les deux ; ce qui mit fin prématurément à leurs bruyants débordements de joie.

■ ■ ■ ■ ■ ■ ■ ■ ■ ■ ■

11

Le mariage eut lieu dès que les familles haïtiennes purent rejoindre leurs enfants à Quisqueya. La cérémonie fut célébrée par le grand sorcier Cayacoha, majestueux dans ses habits de grands jours. Ralph était très beau dans son smoking noir auquel il avait épinglé un magnifique œillet blanc. De son côté, Anacaona, tout de blanc vêtue et coiffée de plumes blanches, était parée de magnifiques bijoux en or massif, cadeau de son père. Sa traîne, longue de plusieurs mètres, était sertie des plus belles pierres précieuses de tout le continent. Ces dernières faisaient partie de la dot que lui avait offerte, son grand ami Guarico, le plus grand des butios. Toute la tribu taïno se coiffa de toutes ses plus belles plumes et se vêtit richement pour la circonstance. Le roi Ferdinand, la reine Isabelle, l'amiral Colomb, Bartolomé de Las Casas et l'empereur Charles Quint furent les invités d'honneur.

Les danseurs indiens donnèrent un spectacle de toute beauté et leurs homologues haïtiens firent découvrir au public l'éclat des danses de leur pays.

Inca, ému jusqu'aux larmes, fit office de parrain de noces. Il prononça un discours abracadabrant auquel personne ne comprit grand-chose, mais il fut le plus applaudi de tous. Christine et Leïla le portèrent en triomphe, car il était leur chouchou à toutes les deux.

Tard dans l'après-midi, l'assistance tout entière accompagna le couple royal d'Espagne, l'amiral, Oscar Savant de Limage, José Maria de la Luz et l'empereur sur la plage où les attendait la dernière caravelle *La Nina* qui devait leur faire faire leur ultime voyage vers l'au-delà. La foule attendit que la caravelle eût largué les amarres pour aller poursuivre les festivités nuptiales.

Quant à Ralph et Anacaona, ils s'apprêtaient à partir pour une merveilleuse lune de miel sur l'une des plus belles plages d'Haïti.

Juste avant de remonter vers l'île jumelle, debout à l'intérieur du grand totem, Ralph prit la dague sacrée, cachée à l'intérieur de la veste de son smoking, la remit au grand sorcier Cayacoha en lui disant :

« Désormais, le passage qui relie les deux îles est ouvert. Tous les Arawaks pourront visiter l'île jumelle et constater qu'elle est aussi belle que Quisqueya. J'avais promis de revenir un jour restituer cette dague en signe de paix, d'amour et d'union. Eh bien, c'est chose faite ! Je suis fier et heureux que mes vœux les plus chers aient été exaucés. Les habitants d'Haïti ont une telle hâte de connaître aussi Quisqueya et surtout Xaragua qu'ils ne vont pas tarder à arriver en masse. »

– Nous les attendons les bras ouverts, dit le grand cacique Bohéchio, et surtout j'attends mes petits-enfants à venir. J'espère qu'ils auront le courage de leur père et la détermination de leur mère. Bonne chance, mon fils !

Ralph donna une grande accolade au grand chef tout aussi ému que lui. Puis, Ruddy, Christine et Leïla, qui avaient décidé de prolonger leur séjour à Quisqueya de quelques semaines, pressèrent les jeu- nes époux sur leur cœur pour leur dire combien ils partageaient leur bonheur.

Anacaona, rayonnante dans la blanche robe in- dienne de ses noces, n'avait plus qu'une hâte, être seule avec son époux. Elle lança son bouquet de fleurs vers la foule de jeunes filles qui attendaient son geste avec impatience. Et surprise ! Celui-ci atterrit tout droit sur la tête d'Inca qui, totalement sonné, pirouetta sur lui-même et prononça la formule magique qui ouvre les portes de l'île d'en haut, avant de s'étaler de tout son long, les deux pattes en l'air :

« Zémès, zémès tout-puissants, ouvrez-moi les portes de la légende de Quisqueyaaaaaaaaa !!! »

Et les jeunes époux furent propulsés vers l'île jumelle à la vitesse de l'éclair.

Port-au-Prince le, 25 novembre 2000

TAÍNO SYMBOLS

frog – coquí

snail – caracol

sun – sol

baby – niño

MARGARET PAPILLON

L'AUTEUR

Margaret Papillon est née en novembre 1958 à Port-au-Prince, Haïti. Elle est l'épouse du peintre de renom Albert Desmangles et mère de deux enfants, Sidney-Albert et Coralie-Agnès. Elle rencontre le succès dès sa première publication en 1987 (La Marginale). *En 1995, elle aban- donne ses activités de professeur d'éducation physique pour se consacrer entièrement à l'écriture.*

La Légende de Quisqueya II, Xaragua, la cité perdue *fait suite à* La Légende de Quisqueya. *Ce dernier a connu un succès retentissant dès sa parution en 1999 et a fait l'objet d'une adaptation théâtrale, véritable triomphe, vingt mois plus tard par l'Atelier Éclosion de Florence Jean-Louis Dupuy.*

■ ■ ■ ■ ■ ■ ■ ■ ■ ■

MARGARET PAPILLON

L'AUTEUR

Margaret Papillon est née en novembre 1958 à Port-au-Prince, Haïti. Épouse du peintre Albert Desmangles et mère de deux enfants, Sidney-Albert et Coralie-Agnès, elle publie depuis 1987. En 1995, elle abandonne ses activités de professeur d'éducation physique pour se consacrer entièrement à l'écriture.

« Si je ne prends pas le temps d'exorciser tous ces personnages qui m'habitent, ils vont finir par m'étouffer ! », avoue la romancière en riant.

BUTTERFLY PUBLICATIONS
Miami Florida